W0252723

Werner Stengg

Die @ndere Welt

Illustration
Gesa Schütt

Werner Stengg

Die @ndere Welt

Mit Grimmhausen-Landkarte
als Anhang

albarello

INHALT

AUF DER FLUCHT

Die junge Königin blickte nachdenklich aus dem Fenster. Sie sah hinab auf die Stadt, die sich dicht an den Fuß des Schlossberges schmiegte. Die unzähligen goldenen Türme und Kuppeln glänzten im Licht der untergehenden Sonne. Alles sah normal aus und friedlich. Dennoch hatte sie schon den ganzen Tag eine gewisse Unruhe in sich gespürt. Eine düstere Vorahnung. Es lag etwas Bedrohliches in der Luft, aber sie konnte nicht sagen, was es war.

Plötzlich wurde die Tür zu ihrem Schlafzimmer aufgerissen. Sie erschrak heftig, denn normalerweise wagte es niemand, ihr Zimmer zu betreten, ohne vorher anzuklopfen. Erleichtert stellte sie fest, dass es Konrad war, ihr alter Lehrer. Aber sie bemerkte sofort, dass irgendetwas nicht stimmte: Konrad hatte einen hochroten Kopf und er bebte vor Aufregung. Das war sonst gar nicht seine Art.

„Meine geliebte Königin!“, rief der alte Mann atemlos. „Sie sind in Gefahr! Sie müssen so schnell wie möglich fliehen!“

Und schon zerrte er sie zur goldenen Pendeluhr, die an der steinernen Rückwand des Zimmers stand. Mit weit aufgerissenen Augen sah sie ihn an: Sie war so überrascht, dass sie kein

Wort herausbrachte. Konrad öffnete in großer Eile die gläserne Tür des Uhrkastens. Er berührte auf dem Zifferblatt nacheinander die Drei, die Neun und schließlich die Zwölf. Dann drehte er den großen Zeiger einmal ganz im Kreis herum. Er trat einen Schritt zurück und wartete. Ungeduldig stieg er von einem Fuß auf den anderen, bis sich die Uhr endlich quietschend ein Stück zur Seite bewegte. An der Stelle, an der sie eben noch gestanden hatte, kam ein Geheimgang zum Vorschein. Er war niedrig und schmal, aber doch groß genug für einen Menschen. Wohin der Gang führte, konnte man aber nicht sehen: In seinem Inneren war es stockdunkel.

„Sagst du mir nun endlich …“, fing die Königin an.

„Später“, unterbrach sie Konrad. „Hinein in den Gang. Schnell!“

Ungeduldig zupfte er an seinem weißen Rauschebart. Sie hatte Konrad noch nie zuvor so nervös gesehen; also tat sie lieber, was er von ihr verlangte. Konrad verschloss mit zittrigen Händen die Tür des Uhrkastens. Er zog den Schlüssel ab und steckte ihn in die Außentasche seines purpurroten Mantels. Dann zwängte auch er sich durch die enge Öffnung. Er war viel dicker als die Königin und so kam er nur mit großer Mühe hindurch. Da wanderte die Pendeluhr, wie von Geisterhand bewegt, auch schon wieder langsam auf ihren alten Platz zurück. Vom Geheimgang war nichts mehr zu sehen.

In diesem Augenblick stürmte ein Rudel schwarzer Hunde in das Zimmer. Ungeduldig beschnüffelten sie das Bett, die Kommoden und schließlich den Uhrkasten. Dabei bellten sie und kratzten und fletschten ihre scharfen Zähne. Überall witterten sie das Parfum der jungen Königin. Und doch war sie selbst nirgendwo zu sehen.

„Sitz!“ Die raue Stimme von Rufus donnerte durch den Raum. Sofort hörten die Hunde auf zu bellen. Sie duckten sich auf den Boden und blickten ängstlich zu ihrem Herrn. Rufus stand breitbeinig in der Tür. Er war so groß, dass er sich den Kopf beinahe am Türbalken anschlug. Überall, wo sein mächtiger Körper nicht durch Kleider verdeckt war, sah man sein dichtes schwarzes Haar: auf seinen Handrücken, auf dem Hals, auf den Wangen. Sogar aus den Ohren und aus der Nase quoll es ihm. Seine buschigen Augenbrauen waren in der Mitte zusammengewachsen und reichten in einem großen Bogen von einem Ohr zum anderen. Wenn er sprach, konnte man sein gewaltiges Gebiss sehen: Seine Zähne waren länger und schärfer als die Zähne seiner Hunde. Er sprach wie ein Mensch und er war gekleidet wie ein Mensch. Aber eigentlich sah er aus wie ein Wolf.

„Sieh dir das an, Rocco!“, rief Rufus wütend. „Der goldene Vogel ist ausgeflogen.“

Nun tauchte auch Rocco im Türrahmen auf. Er sah seinem Bruder zum Verwechseln ähnlich. Nur sein Haar war nicht ganz so dunkel wie das von Rufus. An seinen angegrauten Schläfen sah man, dass Rocco älter war als sein Bruder.

„Mach dir keine Sorgen“, antwortete Rocco. „Wir kriegen sie schon noch. Wir haben die ganze Stadt in unserer Hand. Und eine Königin, die geflohen ist, ist keine echte Königin mehr. Wir haben hier jetzt das Sagen.“

Rufus hatte mittlerweile begonnen das Zimmer zu durchsuchen. Die Hunde lagen immer noch auf dem Boden und rührten sich nicht von der Stelle. Vor einer unscheinbaren Glasvitrine blieb Rufus schließlich stehen. Er lächelte.

„Da ist es ja!“, sagte er. Mit einem kräftigen Fausthieb zerschlug er das Glas. „Endlich haben wir das Buch!“ Bei diesen Worten ballte er beide Fäuste so fest, dass seine Fingerknöchel ganz weiß wurden. Dann nahm er das alte, abgegriffene Buch aus der Vitrine. Es hatte einen dicken Ledereinband und die Ecken waren durch goldene Beschläge verstärkt.

„Nun, da wir das Buch haben, kann uns keiner mehr etwas anhaben“, bestätigte Rocco triumphierend.

Die beiden Brüder lachten schallend. Ihr Lachen war so höhnisch und so böse, dass die Hunde noch mehr Angst bekamen. Sie vergruben ihre Köpfe unter den Vorderpfoten und pressten ihre Schnauzen fest auf den Boden.

Auch Konrad und die junge Königin konnten das hämische Lachen der Wolfsbrüder deutlich hören. Dabei war die Steinmauer, hinter der sie sich versteckt hielten, mindestens zwei Meter dick. Die Königin hatte auf dem ganzen Körper eine Gänsehaut. Sie fror, es war dunkel und sie hatte Angst. Sie war sehr froh, als Konrad endlich eine Laterne anzündete, die den Gang, in dem sie sich verbargen, ein wenig erhellte.

„Was ist denn eigentlich los?“, fragte sie aufgeregt. „Psst!“, mahnte Konrad. „Wenn sie uns hören, sind wir verloren!“

„Aber von wem sprichst du denn überhaupt?“

„Von Rufus und Rocco. Sie haben die ganze Stadt in ihrer Gewalt“, flüsterte Konrad.

Die Königin wurde blass wie ein Gespenst.

„Rufus und Rocco? Die Wolfsbrüder?“, fragte sie. „Aber die sind doch tot!“

„Nein, Sofia, das sind sie leider nicht.“

Zum ersten Mal seit langer Zeit hatte er sie wieder mit ihrem Vornamen angesprochen. Seit dem Tag, an dem sie zur Königin gekrönt worden war, hatte er nicht mehr ‚Sofia‘ zu ihr gesagt oder ‚Du‘. Aber nun, auf der Flucht vor den gefährlichen Wolfsbrüdern, war sie für ihn wieder das kleine Mädchen, auf das er aufpassen musste. So wie er es vor mehr als zwanzig Jahren am Totenbett ihres Vaters geschworen hatte.

„Komm jetzt, Sofia, wir müssen weg von hier. Ich erkläre dir alles, sobald wir in Sicherheit sind.“

Konrad ging mit der unruhig flackernden Laterne voraus. Sie folgten einem schmalen, fensterlosen Gang. Im matten Lichtschein erkannte Sofia, dass ihnen riesengroße Spinnennetze den Weg versperrten. Hier konnte seit Ewigkeiten kein Mensch mehr gewesen sein. Plötzlich wurde ihr klar, dass es hier vor Spinnen nur so wimmeln musste. Ein kalter Schauer lief ihr über den Rücken. Sie blieb so dicht wie möglich hinter Konrad, um ihn nur ja nicht aus den Augen zu verlieren. Schritt für Schritt tasteten sie sich vorwärts, wobei Konrad mit einem langen Stab, den er auf dem Boden gefunden hatte, die Spinnweben beseitigte.

Nach einigen Minuten erreichten sie das Ende des Ganges, wo sie auf eine schwere Metalltür stießen. Sie war zum Glück unversperrt. Gleich dahinter führte eine Treppe steil nach unten. Vorsichtig stiegen sie hinab, denn die Stufen waren uneben und sehr rutschig. Ringsum sahen sie nun glatte Felswände, an denen unentwegt Wasser hinabrann. Sofia begriff, dass sie sich inmitten des Berges befanden, auf dem das Königsschloss stand.

Als sie am Fuße der Treppe in eine etwas größere Höhle eintraten, brach plötzlich ein furchtbares Gekreische und Geflatter los. Irgendetwas Dunkles zischte so knapp an ihrem Kopf vorbei, dass sie an ihrer Wange einen kalten Windhauch spürte. Sie schrie auf und hob ihre Arme schützend vors Gesicht.

„Ganz ruhig", sagte Konrad. „Das sind nur Fledermäuse. Die tun uns nichts."

„Ich möchte weg von hier", rief Sofia. „Ich habe Angst."

„Bald haben wir es geschafft. Ein kleines Stück noch, dann kommen wir zu einem unterirdischen See. Und wenn ich mich nicht irre, wartet dort ein kleines Boot auf uns."

Konrad hatte sich nicht geirrt, denn kurz darauf erreichten sie das Ufer eines Sees. Sofort hielten sie Ausschau nach dem Boot, von dem Konrad gesprochen hatte. Doch sie wussten auch, dass es nicht einfach sein würde, es in dieser Dunkelheit zu finden. Das schwache Licht der Laterne reichte gerade ein paar Meter weit. Weit genug, um gespenstische Schatten zu erzeugen, wenn sich ein kleiner Felsvorsprung plötzlich in einen bedrohlichen Drachen verwandelte. Aber nicht weit genug, um sich in der verzweigten Höhlenlandschaft orientieren zu können.

Da hallte aus der Ferne Hundegebell. Und was noch schlimmer war: Es kam rasch näher. Rufus und Rocco mussten den Einstieg zum Geheimgang gefunden haben!

„Die Hunde!", rief Sofia. „Sie sind gleich da!"

„Nein, nein“, versuchte Konrad sie zu beruhigen. „Sie sind noch weit weg.“ Aber sie hörte an seiner Stimme, dass er sich seiner Sache nicht so ganz sicher war.

Endlich konnten sie die Umrisse eines hölzernen Ruderboots ausmachen. Es lag gut versteckt in einer Felsenbucht. Konrad und Sofia liefen hin, so schnell sie konnten. Konrad machte das Seil los, mit dem das Boot an einem hölzernen Pflock angebunden war.

„Steig ein!“, forderte er Sofia auf. Sie stieg in das schmale Boot, das sofort heftig zu schaukeln begann. Für einen Augenblick verlor sie das Gleichgewicht und konnte nur mit Mühe verhindern, ins eiskalte Wasser zu fallen. Dann kletterte auch Konrad hinein, setzte sich ihr gegenüber und nahm die Ruder zur Hand. Inzwischen war das wilde Gebell der Hunde schon ganz nahe gekommen. Bedrohlich hallte es durch das unterirdische Felslabyrinth. Nach einigen Ruderschlägen erreichten sie die Mitte des Sees, wo eine leichte Strömung das Boot erfasste. Schon bald hörte Konrad auf zu rudern: Die Strömung wurde stärker und zog das Boot mit sich. Plötzlich stießen sie seitlich an einen Felsen und das Boot schaukelte heftig hin und her. Konrad versuchte noch, nach der Laterne zu greifen, doch es war zu spät: Sie fiel über Bord und es wurde stockdunkel.

„Leg dich hin!“, sagte Konrad. „Sonst schlägst du dir noch den Kopf an. Die Höhle ist bestimmt nicht überall so hoch.“

Da er im Dunkeln nicht mehr in der Lage war, das Boot zu steuern, holte er die Ruder ein und legte sich neben Sofia. Dabei legte er einen Arm schützend um sie. Das Boot wurde schneller und schneller. Ringsum zischte und gurgelte und spritzte es. Immer wieder schlugen sie links und rechts gegen die Felswände. Noch einmal prallten sie so hart auf, dass die Seitenwand des Bootes bedrohlich laut knirschte. Dann ging es plötzlich steil bergab. Sofia und Konrad krallten sich mit ganzer Kraft am Boot fest, um nicht herauszufallen.

„Wir stürzen ab!", rief Sofia, doch ihr Schrei ging im ohrenbetäubenden Brausen der Wassermassen unter.

Da schlugen sie auch schon hart auf dem Wasser auf. Konrad landete mit seinem ganzen Gewicht auf ihr und eine ordentliche Ladung Wasser schwappte ins Boot. Prustend rangen sie nach Luft. Endlich kehrte Stille ein.

Konrad und Sofia öffneten vorsichtig ihre Augen. Als sie das helle Licht des Vollmondes sahen, begriffen sie, dass sie noch am Leben waren. Sie blickten sich um und sahen den Wasserfall, über den sie gerade mit ihrem Boot gesprungen waren. Er war mindestens fünf Meter hoch. Ein Wunder, dass sie nicht gekentert waren, als der Berg sie so unsanft ausgespuckt hatte. Sofia konnte es gar nicht fassen, dass sie mit ein paar blauen Flecken davongekommen waren.

Da sie die Ruder bei ihrer abenteuerlichen Fahrt verloren hatten, mussten sie mit den Händen paddeln um vorwärts zu kommen. Ganz langsam näherten sie sich dem schilfbewachsenen Ufer. Als sie endlich eine geschützte kleine Bucht erreicht hatten, stieg Sofia erschöpft aus dem Boot. Sie war nass bis auf die Haut.

Dann kletterte auch Konrad mühsam an Land.

„Für so etwas bin ich wirklich zu alt!", seufzte er. Er sah, dass Sofia am ganzen Körper zitterte, streifte seinen Mantel ab und breitete ihn über ihre Schultern.

„Komm, wir müssen schleunigst weg von hier", sagte er. „Ganz in der Nähe kenne ich einen Unterschlupf, wo wir uns verstecken können."

Schweigend machten sie sich auf den Weg.

„Also", sagte Sofia, während sie sich die Hände an ihrer heißen Teetasse wärmte, „sagst du mir nun endlich, was geschehen ist?"

Konrad legte noch ein Holzscheit auf das Feuer, das im offenen Kamin unruhig knisterte. Dann setzte er sich mit einem lauten Ächzen neben Sofia.

„Rufus und Rocco sind nicht tot, wie die meisten von uns dachten", erzählte er. „Eine Hexe hat sie schwer verletzt in ein sicheres Versteck gebracht und sie dort mit allerlei Kräutern und Elixieren wieder gesund gepflegt. Du kannst dir vorstellen, dass nichts Gutes dabei herauskommt, wenn zwei skrupellose Wölfe mit einer bösen Hexe gemeinsame Sache machen!"

Konrad schüttete etwas Schnaps in seinen Tee und nahm einen kräftigen Schluck.

„Das war zu jener Zeit, als du zur Königin gekrönt wurdest", fuhr er fort. „Wir alle haben damals gehofft, dass damit das Gute für immer die Oberhand gewinnen würde. Und du hast uns nicht enttäuscht: Alle hier lieben dich für deine Güte und Gerechtigkeit."

„Wenn du wüsstest, wie schwer es manchmal ist, eine gute Königin zu sein!", seufzte Sofia.

„Glaube mir“, antwortete Konrad, „du bist es! Aber genau das ist den Bösewichtern in deinem Reich ein Dorn im Auge. Kaum waren Rufus und Rocco wieder auf den Beinen, haben sie auch schon Pläne geschmiedet, wie sie dich vom Thron stürzen können. Zuerst haben sie ein Rudel kräftiger Hunde zu gefährlichen Kampfmaschinen abgerichtet. Das sind jetzt ihre Leibwächter, die niemanden mehr an sie heranlassen. Dann haben sie alle Mörder und Diebe von Grimmhausen um sich versammelt. Dazu noch alle Falschspieler, Betrüger und sonstigen Banditen. Bald schon versteckte sich in den Wäldern vor unserer Stadt ein ganzes Heer von schwarzen Gesellen, ohne dass es irgendjemand von uns bemerkt hätte. Und heute Abend schlugen sie schließlich los.“

„Was geschah mit meinen königlichen Wachen?“, frage Sofia besorgt.

„Die waren schnell überwältigt. Du selbst hast ja angeordnet, dass niemand in deinem Reich Waffen tragen darf. Und das gilt natürlich auch für deine Wachen.“

„Und die Hexe? Ist sie nach wie vor an der Seite der Wolfsbrüder?“

„Ich habe keine Ahnung, Sofia. Alles was ich dir erzählt habe, weiß ich von einem Gespräch, das ich belauscht habe, als die Mörderbande gerade dabei war, die Stadt zu plündern. Daraufhin eilte ich sofort ins Schloss, um dich in Sicherheit zu bringen.“

„Glaubst du eigentlich, dass sie mich noch immer suchen?“

„Davon bin ich überzeugt! Vergiss nicht den Orakelspruch:

Nur du bist die rechtmäßige Herrscherin über dieses Reich. Das wissen auch Rufus und Rocco. Sie werden keinen Stein auf dem anderen lassen, bis sie dich gefunden und gefangen genommen haben."

„Das wird ihnen nicht gelingen!", sagte Sofia kämpferisch. „Ich habe viele treue Freunde, bei denen ich mich verstecken kann."

„Das stimmt. Aber denk daran: Sie haben das Buch!"

„Was steht denn eigentlich in diesem Buch? Ich habe mich an deine Warnung gehalten und es nie geöffnet."

Konrad runzelte die Stirne, als würde er überlegen, wie viel er ihr sagen durfte.

„Nur wenige wissen, dass das Buch überhaupt existiert, und kaum jemand hat es wirklich gelesen. In diesem Buch ist unsere gesamte Geschichte aufgezeichnet. Wer es liest, erfährt alles über die Stärken und Schwächen jedes Einzelnen von uns. Wenn es in die falschen Hände gerät, ist das eine Katastrophe!"

„Es ist aber in die falschen Hände geraten. Was sollen wir nur tun?"

„Ich habe einen Plan." Bei diesen Worten spielte Konrad nachdenklich mit der Spitze seines langen Bartes. „Wir brauchen die Hilfe von jemandem, der den Inhalt des Buches genau kennt."

„Wo finden wir so jemanden?", fragte Sofia ungläubig.

„In einer anderen Welt", lächelte Konrad. „In einer anderen Welt."

DIE ANDERE WELT

Weit weg, in einer anderen Welt, machten es sich Tobias und seine kleine Schwester Miriam gerade im Wohnzimmer ihrer Oma gemütlich. Wie jeden Abend warfen sie sich auf das weiche Ledersofa, jeder auf seine Seite, und verkrochen sich unter einem Berg von Kissen und Decken. Draußen vor dem Fenster pfiff ein kalter Wind, der ungestüm an den Fensterbalken rüttelte.

Oma saß wie immer in ihrem knarrenden Schaukelstuhl. Aber sie saß dort nicht, um zu stricken, wie das andere Omas in ihren Schaukelstühlen tun. Sie war eine ganz außergewöhnliche Oma, mit violett gefärbtem Haar, das wirr in alle Richtungen wegstand. Auf ihren Knien hatte sie eine große Sternenkarte ausgebreitet. Neben ihr, auf einem hölzernen Tischchen, lagen Papier, ein Zirkel, Lineale, Dreiecke und eine Menge anderer Gegenstände, die sie brauchte, um die Sternenkarte gründlich zu vermessen. Jeden Abend machte sie auf diese Weise Horoskope für ihre Freunde; vor allem aber für Tobias und Miriam.

Die Kinder waren gerne bei ihrer Oma. Das war auch gut so, denn sie waren viel öfter bei ihr als bei ihren eigenen Eltern. Besonders ihren Vater bekamen sie sehr selten zu Gesicht:

Er war vor über einem Jahr nach New York gezogen, um dort zu arbeiten.

„Ich hab euch wahnsinnig lieb", hatte er damals zu ihnen gesagt, „aber in Amerika verdiene ich doppelt so viel wie hier. Und wenn ich zurückkomme, dann kaufen wir uns eine größere Wohnung und wir machen jedes Jahr Urlaub auf den Galapagosinseln!"

Tobias und Miriam hatten nie so recht verstanden, warum sie unbedingt eine größere Wohnung brauchten. Und wo die Galapagosinseln waren, wussten sie auch nicht. Ihre Sommerferien verbrachten sie ohnedies am liebsten bei Onkel Franz auf dem Bauernhof. Dort durften sie jeden Morgen die frisch gelegten Eier einsammeln und Tobias hatte es sogar einmal geschafft, ganz allein eine Kuh zu melken. Und dann gab es da noch etwas, was sie nur bei Onkel Franz tun konnten: Gemeinsam mit den Kindern aus der Nachbarschaft bauten sie jeden Tag in den angrenzenden Wäldern ein neues Baumhaus.

Aber noch war ja nicht die Rede von exotischen Inselurlauben. Ihr Vater arbeitete nach wie vor bei seiner amerikanischen Bank und auch ihre Mutter musste ständig auf Dienstreisen ins Ausland fahren.

„Ich hab euch wahnsinnig lieb", sagte auch sie immer zu ihnen, „aber so eine berufliche Chance krieg ich so schnell nicht wieder. Solange ich auf Dienstreise bin, könnt ihr ja bei Oma schlafen. Und wenn ich zurückkomme, gehen wir ganz toll essen, ja?"

Von wegen ganz toll essen. Zweimal waren sie mit ihrer Mutter in ein ganz besonders feines Restaurant gegangen.

Dort waren die Portionen aber so klein, dass sie vor lauter Hunger das ganze Brot, das auf dem Tisch stand, in sich hineinstopften. Wie gerne hätten sie stattdessen bei MacDonalds einen Big Mac mit einer großen Portion Pommes frites gegessen.

So waren sie eben bei Oma eingezogen, die für sie sorgte, so gut sie konnte. Jeden Morgen brachte sie Tobias und Miriam mit ihrem uralten VW Käfer in die Schule.

„Dreißig Jahre lang hat mich dieses Auto nie im Stich gelassen“, sagte sie immer. „Warum soll ich es jetzt wegwerfen wie einen alten Schuh?“

Das soll aber nicht heißen, dass Oma altmodisch war. Ganz im Gegenteil: Während andere Omas über ihren Kreuzworträtseln saßen, hockte sie stundenlang vor ihrem Computer und surfte im Internet.

„Hmm“, sagte Oma und legte den Zirkel zur Seite. „Dein morgiges Horoskop ist ungewöhnlich, Tobias.“

„Wieso denn?“

„Ich sehe, dass du vor einer großen Herausforderung stehst. Ich kann sogar Anzeichen von Gefahr erkennen. Und vor falschen Freunden musst du dich auch in Acht nehmen. Aber mit Herz und Verstand kannst du alle Probleme lösen.“

„Hmm“, sagte nun auch Tobias. „Das muss wohl die morgige Mathe-Arbeit sein. Die Gefahr, dass ich die nicht schaffe, ist wirklich ganz schön groß!“

Was falsche Freunde damit zu tun haben sollten, fiel ihm aber beim besten Willen nicht ein. Er wäre doch nie auf die Idee gekommen, von seinem Freund Max abzuschreiben, der in der Schule neben ihm saß. Max war in Mathe eine absolute Null!

„Oma?“, fragte er schließlich.

„Ja?“, antwortete sie, ohne den Blick von der Sternenkarte zu lösen.

„Glaubst du eigentlich an Horoskope?“

Nun sah sie ihn an. Einen Moment lang schien sie nachzudenken. Dann sagte sie: „Ich glaube an Horoskope so, wie ich an Märchen glaube.“

„Wie meinst du das?“, fragte Tobias.

„Du darfst nicht jedes Wort glauben, das in einem Horoskop steht. Genauso wenig, wie du jedes Wort glauben darfst, das in einem Märchen steht. Aber in beiden steckt oft mehr Wahrheit, als man vermuten würde.“

„Au ja, ein Märchen!“, ergriff Miriam die Gelegenheit beim Schopf. „Bitte, lies mir wieder ein Märchen vor, Tobias“, bettelte sie.

Eigentlich hätte sie selbst das Buch zur Hand nehmen können: Sie konnte schon ziemlich gut lesen, obwohl sie gerade erst mit der Schule begonnen hatte. Aber sie hatte sich einfach daran gewöhnt, dass ihr Tobias jeden Abend ein Märchen aus dem dicken Märchenbuch, das Oma ihr zu Weihnachten geschenkt hatte, vorlas. Tobias konnte nämlich sehr gut vorlesen. Er sprach mit tiefer Stimme, wenn er König Drosselbart war, und mit heller Glockenstimme, wenn er Dornröschen imitierte, das gerade aus seinem Schlaf erwachte. Und er schnitt so lustige Grimassen dabei, dass Oma immer sagte: „Du musst Schauspieler werden, wenn du groß bist!“

Natürlich war Tobias schon zu alt, um selbst noch an Märchen zu glauben. Er war ein aufgeweckter Junge, der am liebsten Harry Potter las und auf dem Schulhof mit seinen Freunden Fußball spielte. Trotzdem machte es ihm Spaß, seiner kleinen Schwester Märchen zu erzählen. Weil ihre Eltern so wenig Zeit für sie hatten, fühlte er sich verantwortlich für Miriam. Einige ihrer Lieblingsmärchen kannte er schon beinahe auswendig, sodass er häufig das Buch weglegte und aus dem Gedächtnis weitererzählte. Aber wann immer er eine Kleinigkeit ausließ oder etwas Neues hinzufügte, unterbrach sie ihn mit einem unbarmherzigen: „Halt, das ist falsch!“

„Halt, das ist falsch!“, sagte sie auch diesmal. Tobias war gerade am Ende von Rotkäppchen angelangt.

„Der böse Wolf fällt gar nicht in den Brunnen“, sagte sie so bestimmt, als wäre sie dabei gewesen.

„Blödsinn“, murmelte Tobias verärgert. „Natürlich tut er das.“

„Ich glaube, Miriam hat Recht“, mischte sich Oma ein. „Du verwechselst das mit dem ‚Wolf und die sieben Geißlein‘. Dort stürzt der Wolf in den Brunnen. Lies doch mal nach!“

Tobias blätterte im Buch, bis er die richtige Stelle gefunden hatte.

„Oje“, sagte er. „Das ist genau die Seite, die Waldemar gestern rausgebissen hat.“

Der Dackel Waldemar, der eben noch regungslos vor dem Kamin geschlafen hatte, begann zu winseln, als hätte er ein schlechtes Gewissen.

„Aber wer weiß“, überlegte Tobias laut. „Vielleicht gibt es ja gar keine zwei verschiedenen Wölfe. In beiden Märchen wird der Bauch des bösen Wolfes mit Steinen gefüllt und dann stirbt er. Ist doch komisch, dass beiden Wölfen genau dasselbe passiert. Vielleicht ist es in Wirklichkeit ja ein und derselbe!"

„Nein, es sind ganz bestimmt zwei Wölfe", erwiderte Miriam.

„Woher willst du das denn so genau wissen, du Schlaumeier?", ärgerte sich Tobias über seine vorlaute Schwester.

„Schluss jetzt", unterbrach Oma die beiden Streithähne. „Das ist doch völlig egal. Hauptsache, der böse Wolf ist tot und kann keinen Schaden mehr anrichten. Und damit genug für heute. Ab mit euch ins Bett, morgen ist wieder Schule."

„Gute Nacht!", sagte Miriam zu Tobias, drehte sich zur Seite und schlief augenblicklich ein.

Tobias wartete noch ein paar Minuten, um ganz sicher zu sein, dass sie auch wirklich nichts mehr mitbekam. Dann stand er leise auf und schaltete den Computer ein, der zwischen ihren Betten stand.

Wenn Miriam mich dabei sieht, verplappert sie sich wieder morgen beim Frühstück, dachte er. Oma war zwar cool, wie er in der Schule oft stolz betonte, aber Nachtruhe hieß bei ihr Nachtruhe. Da gab es keine Diskussionen.

„Psst!", sagte er in Richtung Computer, als mit lautem Summen und Piepsen die Telefonverbindung zum Internet hergestellt wurde. Aber Miriam schlief wie ein Murmeltier.

Das mit den zwei Wölfen möchte ich noch einmal schwarz auf weiß sehen, dachte Tobias. Er betrachtete die Web-Site der Suchmaschine und überlegte, nach welchem Wort er eigentlich suchen sollte. Er tippte „Wolf" ein.

‚1 320 Web-Sites zum Thema Wolf', meldete der Computer in Sekundenschnelle.

Tobias seufzte auf. „Ich kann doch nicht eintausenddreihundertundzwanzig Dokumente lesen. Da sitze ich ja die ganze Nacht hier!"

Schließlich hatte er eine andere Idee: War das Märchenbuch, aus dem er Miriam jeden Tag vorlas, nicht von den Brüdern Grimm? Also tippte er ‚Brüder Grimm' in das Suchfeld. Diesmal erschienen nur fünf Einträge auf dem Bildschirm:

1. Grimm, Jakob und Wilhelm: Eine Biografie.
2. Radwandern in Kassel: Radwandertouren im Kasseler Land, auf den Spuren der Brüder Grimm.
3. Brüder Grimm: Kurzbiografie und Werke im Volltext.
4. Hans im Glück (Cinema): Besprechung der Verfilmung des Märchens der Brüder Grimm.
5. Grimmhausen: Die andere Welt. Passwort erforderlich.

„Werke im Volltext", murmelte Tobias zufrieden und klickte auf den dritten Eintrag. Auf seinem Bildschirm tauchte eine lange Liste von Märchen auf. Er klickte auf das Märchen vom Wolf und den sieben jungen Geißlein und las den ganzen Text sorgfältig durch. Endlich fand er, wonach er gesucht hatte: ‚Und als der Wolf an den Brunnen kam und sich über das Wasser bückte und trinken wollte, da zogen ihn die schweren Steine hinein, und er musste jämmerlich ersaufen.'

Nun musste Tobias zum Vergleich nur noch bei Rotkäppchen nachlesen. Als er beim Ende des Textes angelangt war, lehnte er sich enttäuscht zurück: Miriam und Oma hatten Recht gehabt. Denn es hieß ganz klar: ‚Der Wolf rutschte vom Dach herab, gerade in den großen Trog hinein, und ertrank.' Also war er doch nicht in einen Brunnen gefallen.

Trotzdem komisch, dass die beiden Geschichten fast gleich ausgehen, dachte Tobias. Vielleicht waren den Brüdern Grimm die Bösewichter ausgegangen, sodass sie den Wolf gleich zweimal verwendet hatten?

Mittlerweile war es schon spät geworden und Tobias wollte den Computer wieder abschalten. Er war müde und musste am nächsten Tag früh aus den Federn. Da fiel sein Blick noch einmal auf die Liste der Web-Sites, auf die er bei der Suche nach den Brüdern Grimm gestoßen war.

Radwandern in Kassel? Er schüttelte den Kopf. So ein Blödsinn!

Auch die Verfilmung von Hans im Glück ließ ihn kalt. Die fünfte Web-Site hingegen weckte sein Interesse: Was hatte es nur mit diesem Grimmhausen auf sich? Von welcher anderen Welt war die Rede? Und wieso brauchte man ein Passwort, um die Seite lesen zu können?

Er klickte mit der Maus auf den seltsamen Link und ein kleines Dialogfenster öffnete sich. ‚Bitte Passwort eingeben', stand darin. Der Cursor blinkte so ungeduldig, als würde er sagen wollen: „Mach schon, Tobias, gib endlich das Passwort ein!"

Hmm, dachte Tobias, wenn das eine Märchenseite ist, wird wohl auch das Passwort aus einem Märchen sein. Also schrieb er auf gut Glück: ‚Rotkäppchen'.

„Falsches Passwort. Bitte richtiges Passwort eingeben", erschien auf dem Bildschirm. Da versuchte er es nacheinander mit Grimm, Schneewittchen und Rumpelstilzchen. Nichts.

Wie wäre es mit Rapunzel? Tapferes Schneiderlein? Aschenputtel? Froschkönig? Drosselbart? Alles falsch.

Vielleicht war es ja Sterntaler? Frau Holle? Dornröschen? Wieder nichts.

Aber Tobias wollte nicht so einfach aufgeben. Und so gab er geduldig alle Märchennamen ein, an die er sich erinnern konnte. Da verschwand plötzlich das kleine Dialogfenster. Was hatte er gerade eingetippt? Er wusste es nicht mehr. Aber anscheinend hatte er das Rätsel gelöst.

Nach einer kurzen Pause tauchte auf dem Bildschirm das Gesicht eines alten Mannes auf. Obwohl der Mann einen dichten weißen Bart hatte, sah Tobias, dass sich seine Lippen bewegten, als würde er sprechen. Aber er konnte nicht hören, was er sagte. Also drehte er ganz behutsam am Lautstärkeregler des Computers: Er durfte Miriam ja nicht aufwecken!

„Hallo, Tobias, kannst du mich jetzt hören?“, kam es aus den beiden Lautsprecherboxen.

Tobias erschrak. Woher kannte der Mann im Computer seinen Namen? Und woher wusste er, dass er die Lautstärke gerade aufgedreht hatte? Konnte der Mann ihn etwa sehen? Tobias beugte sich ganz nah zum kleinen Mikrofon hinab, das neben dem Bildschirm stand.

„Hallo?“, flüsterte er.

„Hallo!“, antwortete der Mann auf dem Bildschirm und lächelte dabei.

„Können Sie mich denn sehen?“, fragte Tobias.

„Natürlich. Ich sehe auch deine Schwester Miriam, die hinter dir im Bett liegt.“

Tobias zuckte zusammen. „Aber wie ist denn das möglich?“

„Das erkläre ich dir, sobald du das richtige Passwort eingegeben hast“, wich der Mann aus.

„Das richtige Passwort?“, fragte Tobias erstaunt. „Ich dachte, ich hätte es schon erraten!“

„Nein, das hast du nicht. Aber ich möchte dir gerne dabei helfen.“

„Wieso das?“

„Weil du bereits zwei Dinge bewiesen hast“, sagte der Mann im Bildschirm. „Erstens, dass du sehr gut über Märchen Bescheid weißt. Und zweitens, dass du jemand bist, der nicht so schnell aufgibt.“

Er räusperte sich kurz, dann fuhr er fort: „Wenn du die folgende Frage beantworten kannst, dann kennst du auch das Passwort. Also hör gut zu: Wer schläft tiefer als Dornröschen, hat längeres Haar als Rapunzel, ist schöner als Schneewittchen und zugleich zorniger als Rumpelstilzchen?“

Und damit verschwand der weißbärtige Mann vom Bildschirm. Tobias hatte nun wieder das kleine Dialogfenster vor sich mit der Aufforderung, das richtige Passwort einzugeben. Nachdenklich betrachtete er den Cursor, der nach wie vor ungeduldig blinkte. Kannte er eine Märchenfigur, die länger geschlafen hatte als Dornröschen? Und Rapunzels Haar: Ließ sie das nicht vom Turm herabhängen, damit der Königssohn daran hinaufklettern konnte? Gab es wirklich jemanden, der noch längeres Haar hatte als sie? Dann war da noch Schneewittchen. ‚Spieglein Spieglein, an der Wand, wer ist die Schönste im ganzen Land?‘, erinnerte er sich an den Märchenreim.

Das Rätsel ist doch Unsinn, ärgerte er sich. Niemand ist schöner als Schneewittchen. Das sagt doch der Zauberspiegel die ganze Zeit!

Gähnend schaute er auf seine Armbanduhr und schaltete den Computer ab. Die vergebliche Suche nach dem Passwort hatte ihn mindestens eine Stunde Schlaf gekostet. Und das am Tag vor dieser schrecklichen Mathe-Arbeit! Müde ließ er sich auf sein Bett fallen. Seinen Trainingsanzug und die Turnschuhe zog er erst gar nicht aus, um nicht noch mehr Zeit zu verlieren. Er schloss die Augen und wartete darauf einzuschlafen.

Doch je länger er in seinem Bett lag, desto intensiver kreisten seine Gedanken um die mysteriöse Web-Site, die er gerade entdeckt hatte. Ein alter Mann, der seinen Namen kannte. Der ihn durch den Computer sehen und mit ihm sprechen konnte. Ein seltsames Rätsel, zu dem ihm die Lösung einfach nicht einfallen wollte. Und dann war da noch das Horoskop, das Oma für ihn erstellt hatte. Von einer großen Herausforderung hatte sie gesprochen. Und von Gefahr! Gab es vielleicht gar einen Zusammenhang zwischen dem Horoskop und der seltsamen Web-Site?

Auf einmal wusste er das Passwort. Wie aus heiterem Himmel war es ihm eingefallen, ohne dass er sich gezielt darüber den Kopf zerbrochen hatte.

Natürlich!, dachte er, als er aus dem Bett sprang. Dass ihm das nicht gleich eingefallen war! Er schaltete den Computer wieder ein und wartete ungeduldig darauf, dass sich die Verbindung zum Internet aufbaute.

„Mach schon!“, sagte er, während er mit den Fingern nervös auf die Maus trommelte.

Da er vergessen hatte, sich ein Bookmark anzulegen, musste er wieder den Umweg über die Suchmaschine machen. Er tippte „Brüder Grimm“ in das Suchfenster, dann klickte er auf „Grimmhausen“. Endlich erschien das Fenster, das ihn nach dem Passwort fragte.

„Niemand“ tippte er ein und drückte auf die Enter-Taste. Tobias hatte keinen Zweifel mehr daran, dass dies die richtige Lösung war: Niemand konnte schöner sein als die Schönste im ganzen Lande. Niemand schlief tiefer als Dornröschen, das hundert Jahre durchgeschlafen hatte. Niemand hatte längeres Haar als Rapunzel. Und niemand war zorniger als Rumpelstilzchen, das sich vor lauter Wut selbst mitten entzweigerissen hatte.

Und tatsächlich: Das Fenster verschwand und der weißbärtige Mann erschien wieder im Bildschirm.

„Gut gemacht, mein Junge!“, lächelte er. „Ich wusste, du würdest es schaffen.“

Tobias strahlte über das ganze Gesicht. „Und was passiert jetzt? Hab ich was gewonnen?“

„Wie man es nimmt“, sagte der Alte geheimnisvoll. „Es steht dir nun frei, zu uns nach Grimmhausen zu kommen.“

„Das verstehe ich nicht“, sagte Tobias. „Wo ist Grimmhausen? Und wer sind Sie überhaupt?“

Der alte Mann seufzte, da er ahnte, dass Tobias ihm die Antwort nicht glauben würde. „In Grimmhausen leben alle Figuren, die du aus deinen Märchenbüchern kennst.“

„Haha!“, lachte Tobias. „Machen Sie sich nur lustig über mich.“

„Das tu ich nicht“, antwortete der Alte. „Es ist ernster, als du es dir vorstellen kannst. Wir brauchen nämlich deine Hilfe, Tobias.“

Tobias hörte auf zu lachen, da der Mann plötzlich todernst geworden war. Also fragte er: „Hilfe? Wobei?“

„Grimmhausen ist immer ein sehr friedlicher Ort gewesen“, erklärte der Mann mit Grabesstimme. „Bis zu dem Tag, an dem dunkle Mächte unsere Königin gestürzt haben. Diese Mächte unterdrücken unser Volk nun erbarmungslos. Nur du kannst uns dabei helfen, wieder alles in Ordnung zu bringen.“

Der alte Mann zögerte ein wenig, bevor er fortfuhr: „Aber ich muss dich warnen: Es kann sehr gefährlich für dich werden.“

„Gefährlich?“ Sofort musste er an Omas Horoskop denken. Sollte diese verrückte Geschichte wirklich wahr sein?

„Ich fürchte, ja“, antwortete der Alte. „Alle Bösewichter, die du aus deinen Büchern kennst, werden hinter dir her sein. Aber du wirst auch Freunde haben, die dir zur Seite stehen.“

Tobias starrte auf den Bildschirm. War das alles nur ein dummer Scherz? Märchen waren doch Kinderkram. Seine Schwester Miriam mochte ja daran glauben, aber er doch nicht!

Aber wer war dann dieser eigenartige Mann im Bildschirm?

„Angenommen, es gibt dieses Grimmhausen wirklich“, sagte er schließlich zögernd, „was müsste ich tun, um dort hinzukommen?“

„Ganz einfach“, antwortete der Alte, dem ein Stein vom Herzen zu fallen schien. „Du tippst auf die Enter-Taste und den Rest überlässt du mir.“

Tobias betrachtete die Tastatur. Er schüttelte den Kopf. Was konnte das Drücken einer Taste schon bewirken? Er hob den Blick und sah in die sorgenvollen Augen des bärtigen Mannes. Da wusste Tobias, dass der Mann die Wahrheit sagte.

„Was soll schon passieren!“, machte er sich Mut und drückte mit dem Zeigefinger auf die Taste. Der Bildschirm wurde schlagartig dunkel. Tobias fürchtete für einen Augenblick, dass er den Computer kaputtgemacht hatte. Da ging auch schon ein heftiges Rucken durch den Drehsessel, auf dem er saß. Es kam so unvermutet, dass Tobias beinahe das Gleichgewicht verloren hätte. Erschrocken hielt er sich mit beiden Händen an der Sitzfläche fest. Da begann sich der Sessel im Kreis zu drehen. Zuerst nur ganz langsam, dann immer schneller. Tobias hielt den Atem an. Im Halbdunkel sah er, wie die ganze Zimmereinrichtung an ihm vorbeizog, dann vorbeiflog: sein Bett, der Kleiderschrank, die Zimmertür, Miriams Bett, der Computer und schließlich wieder sein eigenes Bett. Immer rascher drehte er sich im Kreis, bis ihm schwummrig vor den Augen wurde. Er war erstaunt, dass er gar keine Angst hatte. Sollte er nicht eigentlich um Hilfe rufen? Doch je länger er sich drehte, desto wohler begann er sich zu fühlen. Es war ein sehr eigenartiges Gefühl: Tobias war wie in Trance. Inzwischen sah er keine Möbelstücke mehr vor sich: Alles, was er sah, war ein tiefes, dunkles Rot.

Nach einiger Zeit (waren es drei Stunden gewesen oder nur

drei Minuten?) bemerkte Tobias, dass sich der Sessel nun wieder langsamer drehte. Schließlich blieb er ganz stehen und Tobias sah einen Computer vor sich. Aber er bemerkte sofort, dass es nicht sein eigener war. Da hörte er auch schon eine Stimme hinter sich.

„Willkommen in Grimmhausen!“

Tobias wandte sich erschrocken um. Der alte weißbärtige Mann stand nun direkt vor ihm und streckte ihm die rechte Hand entgegen. „Ich heiße Konrad“, sagte der Mann und nickte ihm freundlich zu. „Danke, dass du gekommen bist.“

GRIMMHAUSEN

Wer sind Sie? Wo bin ich?“, stammelte Tobias. Verwirrt sah er sich um. Irgendwie war der Raum, in dem er sich befand, eigenartig. Alles war bunt. Er sah keinen einzigen Gegenstand, der einfarbig war.

Sieht aus wie in Legoland, dachte er. Aber noch etwas war seltsam: Es gab im ganzen Raum weder Ecken noch Kanten. Alles war rund und gebogen und geschwungen.

„Ich weiß gar nicht, wo ich anfangen soll“, sagte Konrad schließlich. „Du musst dir vorkommen wie in einem Traum.“

Tobias nickte.

„Den Brüdern Grimm ist es genauso ergangen, als sie hier waren“, fuhr Konrad fort. „Und die waren damals viel älter als du.“

„Sie kennen die Brüder Grimm?“, unterbrach ihn Tobias. „Sind dic nicht schon lange tot?“

„Ach“, seufzte Konrad, „was heißt schon lange. Bei uns verläuft die Zeit anders als bei euch Menschen. Manchmal vergeht sie schnell, dann wieder langsam. Manchmal bleibt sie stehen, und wenn ihr danach ist, dann geht sie sogar rückwärts!“

„Aber Sie müssen doch trotzdem sehr alt sein, wenn Sie die Brüder Grimm gekannt haben?“, beharrte Tobias.

„Ich bin einer der ältesten Einwohner von Grimmhausen“, sagte Konrad nicht ohne Stolz. „Mehr als 20 Milliarden Flügelschläge alt.“

„Flügelschläge? Was für Flügelschläge?“, fragte Tobias.

„Entschuldige bitte“, antwortete Konrad, dem wieder einfiel, dass die Menschen die Zeit ja nicht in Flügelschlägen angaben. „Ich meine die Flügelschläge eines Kolibris. Damit messen wir hier die Zeit.“

„Und wie viele Jahre sind 20 Milliarden Flügelschläge?“, fragte Tobias hartnäckig.

„312“, sagte Konrad. „Es können aber auch 200 sein. Oder 43. Das kommt ganz darauf an.“

„Worauf denn?“

„Darauf, wie oft der Kolibri schläft, zum Beispiel. Aber es hängt auch von seiner Laune ab: Wenn er verliebt ist, flattert er ganz besonders schnell.“

„Aha“, sagte Tobias, der nicht wollte, dass der alte Mann ihn für begriffsstutzig hielt. Er überlegte kurz, dann fragte er: „Und Grimmhausen gibt es, seit die Brüder Grimm euch erfunden haben?“ Die Frage war ihm peinlich, denn er wollte den alten Mann nicht kränken. Wer hört schon gerne, dass es ihn in Wirklichkeit gar nicht gibt!

Doch Konrad lachte herzlich. „Nein“, sagte er, „Grimmhausen gibt es schon viel, viel länger. Und die Brüder Grimm haben die Märchenfiguren, die du kennst, gar nicht erfunden. Sie haben sie hier bei uns kennen gelernt und dann ihre

Geschichte niedergeschrieben. Und weil sie die Ersten waren, die jemals ein Buch über uns geschrieben haben, benannten wir unser Königreich nach ihnen: Grimmhausen."

„Aber wie sind die Brüder Grimm denn hierher gekommen", setzte Tobias nach. „Computer gab's damals doch noch gar nicht."

„Natürlich nicht. Die Brüder Grimm konnten nur deshalb zu uns kommen, weil sie fest genug daran glaubten, dass es uns gibt."

Tobias sah ihn verwirrt an. „Soll das heißen, dass es Rotkäppchen wirklich gibt? Und Schneewittchen? Und den bösen Wolf?"

„Natürlich gibt es die", sagte Konrad, „aber sie haben meist andere Namen als die, die du aus deinen Büchern kennst. Die Brüder Grimm haben wohl gemeint, dass man sich für Märchen ganz besonders lustige Namen ausdenken muss. Das Mädchen, das du als Rotkäppchen kennst, heißt in Wirklichkeit Roxana."

„Und der böse Wolf?", fragte Tobias. Er hoffte, nun endlich die Antwort auf die Frage zu bekommen, über die er mit seiner Schwester Miriam gestritten hatte.

„Der Wolf, der Roxana und ihre Großmutter bedroht hat, heißt Rufus", erklärte Konrad. „Und Rocco, sein Bruder, ist der Wolf, der hinter den sieben Geißlein her war."

„Dann waren das also Brüder", murmelte Tobias. Und nach einer kurzen Nachdenkpause fügte er hinzu: „Zwei Brüder, die auf ganz ähnliche Art gestorben sind."

„Gestorben? Ich wünschte, es wäre so!" Konrad zog die Augenbrauen weit nach oben, dann atmete er schwer aus.

„Wieso?“, fragte Tobias. „Sind die beiden denn nicht ertrunken, als sie mit all den Steinen in ihrem Bauch ins Wasser gefallen sind?“

„Leider nein“, antwortete Konrad. „Da haben sich die Brüder Grimm geirrt, genauso wie wir anderen uns auch. Rufus und Rocco haben überlebt. Und sie sind auch der Grund dafür, warum ich dich hierher geholt habe.“

„Das verstehe ich nicht.“

„Bis vor wenigen Flügelschlägen haben wir hier glücklich und zufrieden gelebt. Sofia war unsere Königin und allen ging es gut.“

„Sofia? Welche Sofia?“

„Du kennst sie wohl besser als Schneewittchen“, antwortete Konrad.

„Schneewittchen war eure Königin? Davon stand aber nichts in meinem Märchenbuch. Ich dachte, sie hätte ihren Märchenprinzen geheiratet und wäre mit ihm in sein Schloss gezogen?“

„So war es zunächst auch“, nickte Konrad. „Doch bald nach der Hochzeit brach ihr Mann auf, um einen siebenköpfigen Drachen zu töten, der in Grimmhausen sein Unwesen trieb. Es gelang ihm auch, dem Drachen sechs Köpfe abzuschlagen. Doch dann hat ihn der giftige Atem des siebten Kopfes in einen tiefen Schlaf versetzt, aus dem er nie wieder erwachen sollte. Sofia selbst wurde erst Königin, lange nachdem die Brüder Grimm wieder abgereist waren. Wir erlebten damals eine sehr unruhige Zeit, da sich eine ganze Reihe von Prinzen und Prinzessinnen um die Königskrone stritten. Damals hatte ich die Idee, das Orakel zu befragen.“

„Welches Orakel?“

„Ich spreche vom Spiegel, den du vermutlich aus Schneewittchen kennst.“

„Spieglein, Spieglein an der Wand, wer ist die Schönste im ganzen Land?“, leierte Tobias den wohl vertrauten Reim herunter.

„Genau diesen Spiegel meine ich. Aber der Spiegel kann noch viel mehr als das, auch wenn ihn die eingebildete Stiefmutter von Schneewittchen immer nur verwendet hat, um sich ihre Schönheit bestätigen zu lassen. Der Spiegel beantwortet nämlich jede beliebige Frage, die man ihm stellt.“

„Welche Frage haben Sie ihm denn gestellt?“

Konrad räusperte sich, dann sagte er: „Spieglein, Spieglein an der Wand, wer soll regieren unser Land?“

„Und die Antwort war: Schneewittchen“, ergänzte Tobias.

„Genau“, antwortete Konrad. „Oder, um präzise zu sein: Sofia.“

„Und was passierte dann?“

„Rufus und Rocco haben sie vom Thron gestürzt und die Macht in Grimmhausen übernommen. Zum Glück konnte Sofia entkommen. Das ist nun schon eine ganze Weile her. Aber Rufus und Rocco tun nach wie vor alles, um sie zu finden. Sie wissen, dass sich das Orakel noch nie geirrt hat, und wollen sie daher ein für alle Mal beseitigen.“

„Und wo ist Sofia jetzt?“

„In einem sicheren Versteck bei Freunden“, sagte Konrad. „Und genau da gehen wir nun hin. Alles Weitere erkläre ich dir unterwegs.“

Tobias erhob sich und ging zur Haustür. Dort angelangt, sah er sich ratlos nach Konrad um: Nirgendwo war eine Türklinke zu sehen. Wie um Himmels willen kam man hier hinaus?

„Lass nur, ich mach das schon", sagte Konrad. Er griff nach einem Zierkissen, das sich auf der Hutablage befand, und legte es vor die Haustür. Ächzend kniete er sich davor. Tobias fragte sich, ob der alte Mann wohl jemals wieder ohne fremde Hilfe würde aufstehen können. Konrad jedoch beugte sich mit dem Kopf zum Kissen hinunter, stützte links und rechts seine Arme auf und wuchtete die Beine hoch, bis er schließlich in einem tadellosen Kopfstand verharrte. Tobias traute seinen Augen nicht.

„Liebe Tür aus Elfenbein, sollst nicht mehr verschlossen sein", presste Konrad hervor. Er hatte unter der Last seines wohlgenährten Körpers sichtlich zu leiden. Und siehe da: Die Tür öffnete sich. Konrad, den alle Kraft verlassen hatte, fiel um wie ein Mehlsack. Nachdem Tobias sich vergewissert hatte, dass Konrad sich dabei nicht verletzt hatte, fragte er vorsichtig: „Ist das die einzige Möglichkeit, diese Tür aufzukriegen?"

„Ich fürchte, ja", japste Konrad. „Aber ich habe schon eine neue bestellt, die einen einfacheren Öffnungsmechanismus hat. Ich komme nämlich kaum noch an die frische Luft, weil ich Angst vor diesen Turnübungen habe."

Tobias trat ins Freie. Erschrocken hielt er inne. Alles, was er sah, war schwarz und düster: die Häuser, die Straße, ja selbst die Bäume. Es war, als hätte hier ein mächtiges Feuer gewütet und eine verkohlte, trostlose Geisterlandschaft zurückgelassen. Dazu pfiff ein kalter Wind, der verdorrte Blätter und Ästchen durch die Straße peitschte. So hatte sich Tobias eine Märchenlandschaft ganz bestimmt nicht vorgestellt.

„Ich weiß schon, was du denkst", sagte Konrad und seine Stimme klang dabei sehr traurig. „Es sieht sehr unfreundlich aus in Grimmhausen. Aber das war nicht immer so. Bevor Rufus und Rocco hier etwas zu sagen hatten, waren alle Häuser genauso bunt wie meine Wohnung. Dann aber erließen sie ein Gesetz, das uns zwang, alles in unserem Land schwarz anzustreichen."

„Aber weshalb denn?", fragte Tobias.

„Man sagt, dass die Hexe, die mit Rufus und Rocco unter einer Decke steckt, die einzige Fabrik in Grimmhausen besitzt, in der schwarze Farbe hergestellt wird. Seitdem das neue Gesetz in Kraft ist, hat sie so viel Farbe verkauft, dass sie jetzt steinreich sein soll."

Sie bogen um die Ecke und Tobias stieß mit einem alten Männlein zusammen, das ihm kaum zur Hüfte reichte.

„Entschuldigung!", sagte Tobias. Doch der Mann sagte kein Wort; er sah ihm nicht einmal in die Augen. Hastig hob er die Tasche, die er beim Aufprall verloren hatte, wieder auf und setzte seinen Weg fort.

Wer immer ihnen begegnete, wechselte sofort die Straßenseite und huschte mit gesenktem Blick an ihnen vorbei. Dabei war Tobias so neugierig, ob er eine der Märchenfiguren, die er aus seinem Buch kannte, wieder erkennen würde.

„Macht die schwarze Farbe hier alle so traurig, dass niemand mehr lacht?", fragte er schließlich.

„Das auch", antwortete Konrad. „Aber es ist ohnedies

verboten zu lachen. Als wäre das Schwarzanstreichgesetz noch nicht genug, haben Rufus und Rocco auch noch ein Lachverbotsgesetz erlassen. Des Weiteren ist es verboten, Eis zu essen, Fußball zu spielen und Enten zu füttern."

„Das ist ja entsetzlich", rief Tobias aus.

„So ist es. Aber jetzt bist ja du hier."

„Aber was kann ich denn für euch tun?"

Der Alte wich der Frage aus. „Zunächst einmal müssen wir versuchen ein Ixat zu bekommen. Das Versteck unserer Freunde ist nämlich zu weit weg, um zu Fuß hinzukommen."

„Ein Ixat? Was ist denn ein Ixat?"

In diesem Augenblick hob Konrad auch schon die Hand und rief damit ein äußerst seltsames Fahrzeug herbei. Oder war es etwa ein Tier? Es hatte vier Räder und zwei Bankreihen für Passagiere und ähnelte damit ein bisschen einer Kutsche. Auf der Vorderseite aber hatte es einen mächtigen Eselskopf und auf der Rückseite einen buschigen Schwanz. Und noch etwas fiel Tobias an diesem eigenartigen Gefährt auf: Es war hellgrün und hob sich damit deutlich von seiner schwarzen Umgebung ab.

„Warum sind diese Ixats denn nicht schwarz wie alles andere auch?", fragte er.

„Ixats sind eitle Wesen, die sehr stolz auf ihre hellgrüne Hautfarbe sind. Als Rocco und Rufus das Schwarzanstreichgesetz ankündigten, drohte die starke Ixatgewerkschaft sofort mit Streik. Da es hier in Grimmhausen aber außer den Ixats keine anderen Transportmittel gibt, haben Rocco und Rufus zähneknirschend eine Ausnahmeregelung für Ixats akzeptiert."

Das Ixat, das Konrad herbeigerufen hatte, blieb vor ihnen

stehen. Sie stiegen ein und setzten sich auf die vordere Sitzbank.

„Wohin soll's gehen?“, rief der Eselskopf, ohne sich zu ihnen umzudrehen.

„Ilsebillweg 5“, flüsterte Konrad.

„Wieso flüstern Sie denn?“, fragte Tobias.

„Wir müssen sehr vorsichtig sein. Die Spitzel der Wolfsbrüder sind überall. Vergiss nicht, dass sie alles tun würden, um Sofia gefangen nehmen zu können.“

In diesem Augenblick fuhr das Ixat abrupt los; allerdings nicht nach vorne, wie Tobias es erwartet hatte, sondern nach hinten. Tobias drehte sich um und sah, dass die Rückseite des Fahrzeuges total verbeult war. Konrad erriet die Gedanken von Tobias. „Ixats fahren immer rückwärts, und das ist auch ihr größtes Problem: Da sie hinten keine Augen haben, stoßen sie ständig irgendwo an. Manchmal stoßen sie sogar mit anderen Ixats zusammen. Unsere Spitäler sind voll mit ihren Fahrgästen.“

Tobias, der in der kurzen Zeit in Grimmhausen schon so viele seltsame Sachen gesehen hatte, gab sich mit dieser Erklärung zufrieden. Stattdessen fragte er noch einmal: „Wieso glauben Sie, dass ausgerechnet ich Ihnen helfen kann?“

„Weil du das Buch der Brüder Grimm gelesen hast und die Einwohner von Grimmhausen daher gut kennst. Du kennst unsere Stärken und Schwächen, unsere Zaubertricks und all unsere Geheimnisse.“

„Ich verstehe“, sagte Tobias. „Damit weiß ich sogar mehr als Rufus und Rocco, trotz all ihrer Spitzel!“ Der Gedanke gefiel ihm sichtlich.

„Nun ja“, zögerte Konrad, „so einfach ist das leider nicht. Als uns die Brüder Grimm vor vielen Flügelschlägen wieder verließen, haben sie mir ein Exemplar ihres Tagebuches zur Erinnerung hier gelassen. Ich habe es lange Zeit versteckt gehalten, da ich nicht wollte, dass es in die falschen Hände gerät. Jeder Mensch hat nämlich das Recht auf seine eigenen kleinen Geheimnisse; die gehen niemanden etwas an.“

„Und wo ist dieses Buch nun?“, fragte Tobias, obwohl er schon ahnte, wie die Antwort lauten würde.

„In den Händen von Rufus und Rocco“, antwortete Konrad leise. „Ohne deine Hilfe werden wir es also niemals schaffen, sie zu verjagen und Sofia wieder zu unserer Königin zu machen.“

Im Kopf von Tobias begann sich alles zu drehen. Erlebte er das wirklich oder war das alles nur ein Traum? Eben hatte er noch mit Miriam und Oma im Wohnzimmer geplaudert und nun saß er in einem komischen Eselsgefährt und war auf der Jagd nach zwei bösen Wölfen. Und doch wirkte alles um ihn herum so echt: der alte Mann, der neben ihm saß, die düsteren Häuser, an denen sie vorüberfuhren, das mächtige Schloss, das über der Stadt thronte.

Konrad nahm ihn plötzlich bei den Schultern und sah ihm tief in die Augen. „Wir brauchen dich! Aber ich will dir auch nicht verschweigen, dass es für dich sehr gefährlich werden kann. Wenn es schief geht, landest du vielleicht in einem dunklen, feuchten Kerker. Oder …“ Konrad zögerte.

„Oder was?“

„Oder die Hexe verwandelt dich in eine Fleischfliege.

Dann bist du für den Rest deines Lebens auf der Flucht vor Vögeln und Fröschen, die in dir eine fette Beute sehen. Oder sie verwandelt dich in eine Blindschleiche und du musst immer Angst haben, dass dir ein Ixat über den Kopf fährt."

„Genug, genug! Ich hab's schon begriffen", fiel ihm Tobias ins Wort.

„Und? Wie lautet deine Entscheidung?"

Tobias nahm all seinen Mut zusammen. „Ich tu's", sagte er knapp.

In diesem Augenblick bremste das Ixat scharf ab.

„Ilsebillweg 5!", rief es.

Konrad bezahlte mit einem Viertelkilo Erdbeeren. Sie warteten noch ein wenig, bis das Ixat verschwunden war.

„Ist das nicht riskant, wenn das Ixat die Adresse von eurem Versteck kennt?", fragte Tobias.

„Natürlich ist das Versteck nicht hier. Komm!" Konrad verschwand in einer unauffälligen Nebengasse. Minutenlang hasteten sie durch enge Gassen, links, rechts, wieder rechts, dann links, ein paar Stufen hinauf, ein paar Stufen hinab. Die ganze Zeit über schwiegen sie, als müsste Konrad sich konzentrieren, um in dem Straßengewirr nicht die Orientierung zu verlieren. Plötzlich blieb er stehen.

„Hier ist es", sagte er. Er griff nach dem wuchtigen eisernen Ring, der an der Tür baumelte, und ließ ihn fünfmal hintereinander auf das massive Holz fallen. Tobias wunderte sich, dass Konrad so überzeugt davon war, vor dem richtigen Haus zu stehen: Die Häuser in dieser Gasse waren nicht nur alle schwarz, sondern glichen einander auch der Form nach wie ein

Ei dem anderen. Da wurde die Eingangstür auch schon geöffnet.

„Konrad! Endlich seid ihr da, wir haben schon auf euch gewartet."

Das Mädchen, das ihnen geöffnet hatte, wandte sich nun an Tobias: „Und du bist also der Menschenjunge, der alles über uns weiß."

Tobias errötete. Das Mädchen genoss es offensichtlich, dass er nicht wusste, was er sagen sollte.

„Dann weißt du sicherlich auch, wer ich bin?", fuhr sie fort.

Tobias starrte sie an. Sie hatte kurzes, hellrot gefärbtes Haar, Piercings an beiden Augenbrauen und schwarz angemalte Lippen. Als sie bemerkte, dass er seinen Blick nicht von ihrem Mund lösen konnte, sagte sie grinsend: „Der schwarze Lippenstift ist mein Beitrag zum Schwarzanstreichgesetz."

„Spann ihn doch nicht so auf die Folter, Roxana", mischte Konrad sich ein. „Wir haben wirklich Wichtigeres zu tun."

„Das soll Rotkäppchen sein?", entfuhr es Tobias.

„Rotkäppchen? Wer ist Rotkäppchen?" Nun war es Roxana, die verwirrt war.

„Du bist Rotkäppchen!", erklärte Konrad. „Die Brüder Grimm haben sich wohl von deinen roten Haaren beeinflussen lassen, als sie einen passenden Namen für dich gesucht haben."

Tobias lachte nun. „Du kannst ja noch froh sein, dass sie dich nicht Rothärchen genannt haben."

Roxana funkelte ihn böse an.

„Genug jetzt“, sagte Konrad. „Ich stelle dich den anderen vor.“

Sie betraten einen schmucklosen Raum, in dem sich nur ein paar hölzerne Sessel und Tische befanden. Tobias musste unwillkürlich an die triste Kantine in seiner Schule denken. Doch dann fiel sein Blick auf eine Frau in einem einfachen gelben Kleid, die nachdenklich aus dem Fenster blickte. Noch nie zuvor hatte er eine so schöne und stolze Frau gesehen. Obwohl sie so schlicht angezogen war, hatte Tobias keinen Zweifel daran, dass er der Königin von Grimmhausen gegenüberstand.

„Willkommen!“, begrüßte Sofia ihn herzlich. „Es ist sehr mutig von dir, dass du uns helfen willst.“

Tobias errötete nun schon zum zweiten Mal, seit er dieses Haus betreten hatte. Er hoffte inständig, dass Roxana es nicht bemerken würde. Vergebens.

„Sie nennen ihn auch Rothäutchen“, sagte sie spitz.

Sofia sah Konrad fragend an, doch der zuckte nur hilflos mit den Achseln. Also ignorierte sie Roxanas Bemerkung und führte Tobias stattdessen zu einem Tisch, an dem vier kleine bärtige Männer saßen und Karten spielten.

„Das sind meine treuen Zwerge“, sagte sie voller Zuneigung.

„Ich bin Seraphin“, stellte sich der erste Zwerg vor. „Man nennt mich auch Seraphin, den Klugen, weil ich der Schlaueste unter den Zwergen bin.“

Als Seraphin bemerkte, dass Tobias nur mit Mühe ein Grinsen unterdrücken konnte, fügte er hinzu: „Wenn du mir das nicht glaubst, kannst du mir gerne eine Aufgabe stellen. Nur zu!“

Tobias zögerte nicht lange. „Wer hat längeres Haar als Rapunzel, ist böser …“

„Niemand!“, antwortete Seraphin wie aus der Pistole geschossen und setzte sich kopfschüttelnd wieder auf seinen Sessel. Als könnte ihm so ein grüner Junge etwas über Grimmhausen erzählen!

Inzwischen war der zweite Zwerg aufgestanden. Er räusperte sich und sagte: „Ich bin Valentin, der Starke.“ Dabei drückte er die Hand von Tobias so fest, dass dieser nur mit Mühe einen Schrei unterdrücken konnte. „Ich bin Boxchampion im Zwergengewicht“, sagte Valentin.

„Und ich bin Augustin, der Musikalische“, sagte der dritte Zwerg. Bei diesen Worten setzte er eine kleine Querflöte aus Elfenbein an seinen Mund und begann zu spielen. Schon nach wenigen Augenblicken begannen alle Anwesenden herzhaft zu gähnen.

„Genug!“, rief Konrad und nahm dem Zwerg die Flöte weg. Und zu Tobias sagte er: „Wann immer Augustin auf seiner Flöte spielt, schlafen alle Zuhörer ein. Auf diese Weise ist schon so manches unserer Treffen vorzeitig zu Ende gewesen!“

Nun erhob sich auch der vierte Zwerg. Er strich sich eine Haarsträhne aus dem Gesicht und sagte: „Ich bin Balduin, der Schöne.“

Tobias und Roxana blickten einander an und prusteten vor Lachen.

„Lacht nur“, sagte Balduin. Dabei warf er seinen Kopf in

den Nacken und streckte sein Kinn weit vor. „Der Zauberspiegel irrt sich nie!“ Balduin zog einen Spiegel aus seiner Jackentasche und sagte: „Spieglein, Spieglein in der Hand, wer ist der schönste Zwerg im Land?“

„Du natürlich“, antwortete der Spiegel mürrisch. „Wie oft muss ich dir das noch sagen?“

Tobias und Roxana schüttelten sich erneut vor Lachen. Als Tobias sich wieder beruhigt hatte, sagte er zu Seraphin: „Aber es gibt doch sieben Zwerge. Wo sind denn die anderen drei?“

„Unsere Brüder konnten leider nicht kommen“, antwortete Seraphin etwas säuerlich.

„Wieso denn?“

„Benjamin, der Junge, ist noch zu klein für so ein gefährliches Abenteuer. Friedolin, der Reiche, hat versprochen, uns zu helfen, sobald er mit dem Geldzählen fertig ist. Er hat aber so viel davon, dass er das wohl nie schaffen wird. Und dann gibt es da noch Wendelin, den Stillen.“

„Und warum kommt der nicht?“

„Weil er ein Einsiedler ist, der lieber allein lebt. Weit weg von hier.“

„Hinter den sieben Bergen wahrscheinlich“, sagte Tobias vorlaut.

„Nein“, antwortete Seraphin. „Wendelin lebt hinter dem fünften Berg. Hinter den sieben Bergen herrscht nämlich zu viel Trubel. Du weißt sicherlich, dass Sofia lange Zeit bewusstlos in einem Sarg lag, nachdem sie vom vergifteten Apfel ihrer Stiefmutter gegessen hatte?“

„Ja, das weiß ich.“

„Nun ja, der Sarg steht immer noch dort und aus unserer bescheidenen Hütte ist inzwischen ein Wallfahrtsort geworden. Wohin man blickt, sieht man Hotels und Bungalows. Man sagt nämlich, dass jeder, der den Sarg mit seinen eigenen Händen berührt, nie wieder unter Schlafstörungen leiden wird."

„Und? Stimmt das?", fragte Tobias.

„Es wirkt nicht halb so gut wie das Flötenspiel von Augustin!", grinste Roxana. Zum Glück hatte Augustin diese Bemerkung nicht gehört, da die anderen Zwerge schon wieder mit ihrem Kartenspiel beschäftigt waren.

„Eure Namen bringen mich ganz schön durcheinander", sagte Tobias zu Konrad. „Ich habe einmal einen Schneewittchenfilm gesehen, in dem die Zwerge ganz anders geheißen haben: Schlafmütz und Hatschi und Brummbär und Chef."

„Du solltest nicht alles glauben, was du in Filmen siehst!", unterbrach ihn ein spitzbauchiger Mann, der ihm bisher noch gar nicht aufgefallen war. „Ich heiße übrigens Taylor", sagte der Mann und streckte ihm seine Hand entgegen.

„Taylor?", fragte Tobias ratlos.

„Das tapfere Schneiderlein", raunte ihm Konrad zu. „Taylor ist erst gestern zu uns gestoßen, um uns gegen Rufus und Rocco beizustehen."

„Ich habe sieben auf einen Streich erschlagen", sagte Taylor. „Ich habe auch zwei Riesen getötet, ein Einhorn besiegt und ein Wildschwein gefangen. Wieso sollte ich mich also vor zwei Wölfen fürchten?"

Tobias wusste natürlich, dass das tapfere Schneiderlein in Wirklichkeit nur sieben Fliegen erschlagen hatte, sagte aber nichts, um Taylor nicht zu kränken. Wenn Taylor auch ein Angeber war, so hatte er doch immerhin bewiesen, dass er ein sehr einfallsreicher und listiger Bursche war. Sie würden ihn also im Kampf gegen Rufus und Rocco gut gebrauchen können.

DIE GLÄSERNE SPINDEL

Seit zwei Stunden diskutierten Sofia und ihre Freunde nun schon, wie sie Rufus und Rocco am besten das Handwerk legen könnten.

„Vergesst nicht die fürchterlichen Hunde!“, warnte Seraphin.

„Und die böse Hexe!“, fügte Valentin hinzu.

„Und all die Räuber und Banditen!“, meldete sich auch Augustin zu Wort.

„Ach was!“, rief Taylor mit seiner unangenehm schrillen Stimme, die Tobias an seine Fahrradglocke erinnerte. „Ich hab keine Angst. Schließlich habe ich schon ganz andere Schlachten gewonnen! Ich habe sieben auf einen Streich erlegt, zwei Riesen getötet, ein Einhorn besiegt …“

„ … und ein Wildschwein gefangen“, fiel ihm Roxana ins Wort. „Das wissen wir schon. Damit kannst du uns vielleicht beeindrucken, aber nicht Rufus und Rocco.“

„Hört auf, euch dauernd zu streiten!“, sagte Sofia. „Ich will nicht hören, was wir nicht tun können. Was wir brauchen, ist ein guter Plan!“

Sie sah auffordernd in die Runde, doch niemand erwiderte

ihren Blick. Konrad zupfte an seinem Bart und brummelte leise vor sich hin. Roxana zog ihren Lippenstift aus einem kleinen Rucksack und trug eine noch dickere Schicht schwarzer Farbe auf. Seraphin zog sich die Mütze tief ins Gesicht, damit man nicht sehen konnte, ob er noch nachdachte oder bereits eingeschlafen war. Der starke Valentin machte zum Zeitvertreib ein paar Liegestütze, da von ihm ohnedies niemand einen Beitrag erwartete. Balduin drehte sich zur Seite, um zu verbergen, dass er gerade seinen Spiegel nach dem schönsten Zwerg im Lande befragte. Augustin führte seine Querflöte zum Mund, um eine hübsche Melodie anzustimmen, ließ es aber bleiben, als er bemerkte, dass Sofia ihn streng ansah. Taylor, der noch immer böse auf Roxana war, stand beleidigt in einer Ecke. Im Zimmer war es jetzt so leise, dass man das Husten einer Ameise gehört hätte.

„Ich habe eine Idee!“, durchbrach Tobias die Stille. „Kennt ihr die Geschichte von Dornröschen?“

„Dornröschen?“, fragte Roxana. „Wer soll denn das sein?“

„Prinzessin Rosemarie“, erklärte Konrad.

„Auch gut“, sagte Tobias. „Also: Dornröschen, oder Rosemarie, stach sich mit einer Spindel in den Finger und fiel darauf in einen hundertjährigen Schlaf.“

„Was ist denn eine Spindel?“, fragte Valentin zwischen zwei Liegestützen.

„So genau weiß ich das auch nicht“, gab Tobias zu.

„Ich aber“, meinte Seraphin. „Eine Spindel ist ein Teil einer Maschine, mit der man Garne herstellen kann. Und zwar funktioniert das folgendermaßen …“

„Seraphin!“, fiel ihm Sofia ins Wort. „Das ist doch völlig unwichtig. Sprich bitte weiter, Tobias.“

„Als Dornröschen sich in den Finger stach, schlief nicht nur sie selbst ein, sondern auch alle anderen, die gerade im Schloss waren. Und damit meine ich nicht nur Menschen und Tiere.“ Er versuchte sich an den genauen Märchentext zu erinnern: „Auch das Feuer im Herd hörte auf zu brennen, der Braten hörte auf zu brutzeln und der Wind hörte auf zu blasen.“

„Interessant!“, sagte Roxana. „Aber was hilft uns das?“

„Aber das liegt doch auf der Hand“, beeilte sich Seraphin zu sagen, um Tobias zuvorzukommen. „Wir besorgen uns diese Spindel. Damit schleicht sich dann einer von uns ins Schloss, sticht sich in den Finger und alle schlafen ein.“

„Seraphin hat Recht“, bestätigte Tobias. „Genauso habe ich mir das vorgestellt. Und wenn dann alle tief und fest schlafen, stecken wir sie in ein Gefängnis. Oder wir werfen sie in eine Höhle, die wir mit dem größten Felsen versperren, den wir finden können.“

„Du bist ein Genie!“, rief Augustin. Er griff nach seiner Querflöte, um zur Feier des Tages ein Lied zum Besten zu geben. Konrad kam ihm jedoch zuvor, indem er ihm die Flöte aus der Hand nahm und in seinem Umhang verschwinden ließ. Augustin vergrub schmollend die Hände in seinen Taschen.

„Einen Haken hat dein Plan aber“, sagte Sofia. „Derjenige von uns, der sich in den Finger sticht, wird selbst auch einschlafen. Dafür finden wir doch nie einen Freiwilligen!“

„Doch“, meldete sich Taylor zu Wort. „Ich werde es tun.

Nach all meinen Heldentaten kann ich wirklich ein bisschen Schlaf vertragen."

„Danke, Taylor", sagte Tobias. „Das wird aber nicht notwendig sein. Es gibt nämlich eine Möglichkeit, die Schlafenden wieder aufzuwecken."

„Wirklich?", fragte Sofia. „Welche denn?"

„Dornröschen ist aufgewacht, als sie ein Prinz geküsst hat. Wir müssen also nur den richtigen Prinzen finden."

„Und die Spindel!", ergänzte Seraphin.

„Und einen anderen Freiwilligen", sagte Taylor, der gar keine Lust hatte, sich von einem Prinzen küssen zu lassen.

„Wie sieht dieser Prinz denn aus?", fragte Roxana.

„Keine Ahnung", antwortete Tobias. „Aber ich kann mir nicht vorstellen, dass ein Märchenprinz schlecht aussieht! So wie Brad Pitt wahrscheinlich."

„Wer ist Brad Pitt?", fragten Sofia und Roxana beinahe gleichzeitig.

„Vergesst es!", sagte Tobias ziemlich schroff. Er ärgerte sich darüber, dass Roxana nichts dagegen zu haben schien, sich von einem Prinzen küssen zu lassen, zu ihm aber immer so grob war.

Konrad, der bislang schweigend zugehört hatte, räusperte sich. „Wenn sich keiner von den Männern hier vom Prinzen küssen lassen will, kommt eigentlich nur Roxana infrage. Sie ist das einzige Mädchen hier außer Sofia. Und es wäre viel zu riskant, Sofia allein ins Schloss zu schicken."

„Das ist ja alles schön und gut", sagte Seraphin, dem die ganze Diskussion über das Küssen ziemlich auf die Nerven ging. „Aber wo finden wir denn überhaupt den Prinzen und die Spindel?“

„Das kann ich euch sagen“, strahlte Taylor. „Prinzessin Rosemarie und ihr Prinz wohnen gleich hinter dem dritten Berg. Ganz in der Nähe jener Stelle, an der ich einmal zwei Riesen getötet habe.“

„Das trifft sich gut!“, sagte Tobias. „Kannst du mich hinführen?“

„Natürlich. Am besten, wir brechen gleich auf.“

„Ich komme mit“, rief Seraphin.

„Nein“, antwortete Taylor. „Je weniger wir sind, desto weniger fallen wir auf. Außerdem würdest du uns mit deinen kurzen Beinen nur aufhalten. Wir müssen schließlich drei Berge überqueren.“

„Er hat Recht“, meinte Konrad. Er musste Seraphin, der sich über den Hinweis auf seine kurzen Beine sehr ärgerte, mit aller Kraft daran hindern, auf Taylor loszugehen. „Wir anderen halten uns hier versteckt, bis die beiden wieder zurückkommen.“

Als Tobias und Taylor am Stadtrand angelangt waren, blieb Taylor vor einem schlichten Holzhaus stehen. Zu Tobias sagte er: „Warte kurz auf mich. Ich sage nur meiner Frau Bescheid, dass sie mit dem Abendessen nicht auf mich warten soll.“

„Okay“, murmelte Tobias. Er wunderte sich darüber, dass Taylor in so bescheidenen Verhältnissen lebte. Im Märchenbuch hatte doch gestanden, dass das tapfere Schneiderlein mit einer Königstochter verheiratet war und mit ihr in einem

Schloss lebte. Aber vielleicht hatten die Brüder Grimm wieder einmal zu dick aufgetragen.

Als Taylor zurückkam, setzten sie ihre Wanderung wortlos fort. Einige Stunden später hatten sie bereits den Gipfel des zweiten Berges erklommen. Tobias wischte sich den Schweiß von der Stirn und ließ sich auf einem Baumstumpf nieder.

„Ist es noch weit?“, fragte er. Er hatte ganz nasse Füße, da sie durch knietiefen Schnee gestapft waren. Wenn er gewusst hätte, welches Abenteuer ihm bevorstand, hätte er sich wärmer angezogen, als er sich an den Computer setzte. So aber hatte er nur seinen Jogginganzug an und seine Turnschuhe.

Gott sei Dank bin ich nicht barfuß und im Pyjama hier gelandet, dachte er. Was hätte er sich geschämt! Vor allem vor Roxana, die keine Gelegenheit ausließ, sich über ihn lustig zu machen.

„Wir sind bald da“, sagte Taylor. „Der Berg, der noch vor uns liegt, ist der niedrigste von allen.“

Und tatsächlich: Schon eine knappe Stunde später tauchte Prinzessin Rosemaries Burg vor ihnen auf. Als sie die heruntergelassene Zugbrücke überquerten, bemerkte Tobias, dass der Burggraben voller blühender Seerosen war. Das war es wohl, was die Brüder Grimm dazu verleitet hatte, Prinzessin Rosemarie als Dornröschen zu bezeichnen!

„Was wollt ihr hier?“, stellte sich ihnen ein Wachposten in den Weg. Er hielt ihnen einen langen Speer mit einer scharfen Metallspitze direkt vor die Nase.

„Wir wollen zu Prinzessin Rosemarie“, antwortete Tobias. „Königin Sofia schickt uns.“

„Königin Sofia! Sie lebt?“ Der Wachposten strahlte plötzlich über das ganze Gesicht. Er legte seinen Speer zur Seite und begleitete Tobias und Taylor über den geräumigen Burghof. Dabei schwärmte er unentwegt von seiner wunderbaren Königin Sofia. Schließlich sagte er: „Sagt mir doch endlich, wo sie sich jetzt befindet und wie es ihr geht!“

„Es geht ihr gut“, antwortete Tobias. „Sie ist in einem sicheren Versteck.“

Taylor stieß ihn in die Rippen. „Psst!“, raunte er ihm ins Ohr. „Kein Wort zu viel. Die Spitzel der Wolfsbrüder sind überall.“

„Ist ja schon gut“, verteidigte sich Tobias. „Ich hab ja gar nichts gesagt.“

Mittlerweile waren sie beim Eingang des Speisesaals angelangt. Ein Diener ging hinein, um die beiden anzumelden. Endlich wurden sie in den Saal geführt. An der riesigen Tafel saßen nur zwei Personen: eine ältere Frau und ein wesentlich jüngerer Mann.

Der sieht ja wirklich aus wie Brad Pitt!, dachte Tobias verblüfft. Der Gedanke, dass dieser Schönling Roxana küssen sollte, war ihm ausgesprochen unangenehm.

„Kommt herein!“, sagte Prinzessin Rosemarie. Tobias wunderte sich darüber, dass Dornröschen fast so alt aussah wie seine Oma, aber trotzdem einen so jungen Mann hatte. Es sah ganz so aus, als wäre der hundertjährige Schlaf nicht spurlos an ihr vorübergegangen.

„Dies hier ist mein Gemahl, der Prinz von Tribergen“, stellte sie den strohblonden Mann an ihrer Seite vor. „Esst doch mit uns. Wir sind leider schon beim Dessert angelangt, aber vielleicht findet ihr ja trotz der bescheidenen Auswahl noch etwas, was euch schmeckt.“

Erst zu diesem Zeitpunkt wurde es Tobias bewusst, dass er noch keinen Bissen gegessen hatte, seit er in Grimmhausen angekommen war. Sein Magen knurrte so laut, dass es ihm fast peinlich war. Mit weit geöffneten Augen starrte er auf die Tafel, die sich unter all den Köstlichkeiten, die darauf aufgetürmt waren, förmlich bog: Schokoladentorten, Obst- und Cremetorten, Kuchen aller Art, Marzipan, Vanillepudding, Schokoladenmousse, Obstsalat, Erdbeereis …

„Hmm!“, grunzte Tobias, als er sich gerade ein großes Stück Nusstorte in den Mund stopfte. Wenn das hier eine bescheidene Auswahl war, wie sah dann erst ein reichhaltiges Buffet aus?

Während sie zu Ende aßen, erklärten Tobias und Taylor den Grund ihres Besuchs und brachten ihre Bitte vor.

Je länger sie erzählten, desto mehr wich die Farbe aus Prinzessin Rosemaries Gesicht.

„Das ist ja noch schlimmer, als wir dachten!“, sagte sie schließlich. „In dieser Einöde bekommt man gar nicht mit, was drüben in der Stadt passiert. Ist das nicht furchtbar, Schokomaus?“

Der Prinz, dem es sichtlich unangenehm war, vor den Besuchern als ‚Schokomaus‘ angesprochen zu werden, ergriff ihre Hand. „Hoffentlich kommen diese Verbrecher nicht auch noch zu uns!“

„Vielleicht können wir das ja verhindern“, ergriff Tobias die Gelegenheit beim Schopf. „Mit Ihrer Spindel.“

„Ach ja, die Spindel“, unterbrach ihn Prinzessin Rosemarie. „Natürlich könnt ihr die haben. Ich würde alles tun, um der armen Sofia zu helfen.“

„Und ich werde eure kleine Freundin gerne wachküssen“, sagte der Prinz von Tribergen. Die Miene von Tobias verfinsterte sich bei diesen Worten ein wenig. Auch Prinzessin Rosemarie gefiel der Gedanke nicht besonders, dass ihr Gemahl ein hübsches junges Mädchen küssen könnte. Sie versuchte jedoch es sich nicht anmerken zu lassen und verließ den Speisesaal. Als sie wieder zurückkam, hielt sie einen gläsernen Gegenstand in der Hand, der sehr zerbrechlich aussah. Tobias bemerkte, dass sie die Spindel anstarrte, als hielte sie eine Klapperschlange in der Hand.

„Das ist sie“, sagte die Prinzessin und überreichte sie Tobias. „Pass auf, dass du dich nicht stichst!“

Tobias nahm sie entgegen wie ein rohes Ei.

„Ich wusste nicht, dass man Spindeln aus Glas macht“, meinte er.

„Normalerweise nicht“, bestätigte sie. „Aber dies ist ja auch kein gewöhnliches Exemplar, wie du weißt.“

Tobias nickte. Jetzt, da er die Spindel endlich in seinen Händen hielt, wäre er am liebsten sofort nach Grimmhausen zurückgekehrt, um seinen Plan in die Tat umzusetzen. Die Prinzessin überzeugte ihn aber davon, dass es besser wäre, die Nacht in der sicheren Burg zu verbringen und erst am nächsten Morgen mit frischen Kräften den Heimweg anzutreten.

Nachdem sie mit ihren Gastgebern noch einen Tee aus Seerosenblättern getrunken hatten, wurden Tobias und Taylor von einem Diener in ein Schlafzimmer geführt, das so groß war, dass man eine ganze Fußballmannschaft darin hätte unterbringen können. Sie waren von den Strapazen des Tages so erschöpft, dass sie sich auf ihre Betten fallen ließen, ohne auch nur ihre Schuhe auszuziehen. Augenblicklich schliefen sie ein.

Tobias wusste nicht, wie lange er schon geschlafen hatte, als ihn ein Poltern und Klirren aus seinem unruhigen Traum riss.

„Wo bin ich?“, fragte er schlaftrunken. Im dämmrigen Licht erkannte er zwei Ritterrüstungen, die links und rechts von der Tür standen, als würden sie Wache schieben. Das alles war also doch kein Traum gewesen. Er war tatsächlich in Dornröschens Burg und versuchte gemeinsam mit dem tapferen Schneiderlein, Schneewittchen vor dem bösen Wolf zu retten. Wenn das nicht verrückt war! Seine Freunde in der Schule würden ihm das niemals glauben.

In der Zwischenzeit hatten sich seine Augen an die Dunkelheit gewöhnt. Er sah nun, dass Taylors Bett leer und die Zimmertür nur angelehnt war. Vorsichtig stieg er aus dem Bett und schlich zur Tür. Sie knarrte laut, als er sie ganz öffnete. Da hörte er auch schon ein deftiges Fluchen aus dem Treppenhaus. Es kam von Taylor, der ein halbes Stockwerk tiefer auf dem Boden saß und sich den Hinterkopf rieb. Als Tobias bei ihm angelangt war, sah er, dass Taylor von tausend Scherben umgeben war.

„Oh nein!“, rief Tobias. „Die Spindel ist kaputt!“

„Einbrecher“, jammerte Taylor. „Ein halbes Dutzend. Und mindestens zwei Kopf größer als ich. Ich bin aufgewacht, als sie sich gerade mit der Spindel aus dem Zimmer schleichen wollten. Ich bin ihnen natürlich nachgerannt, um sie ihnen wieder abzujagen. Es ist mir zwar gelungen, sie in die Flucht zu schlagen, aber die Spindel fiel dabei zu Boden und zerbrach."

„Warum hast du mich denn nicht geweckt?"

„Es ging alles so schnell. Außerdem bin ich es gewohnt, ganz allein gegen übermächtige Gegner zu kämpfen."

Tobias setzte sich auf eine Stufe und vergrub sein Gesicht in seinen Händen. Der ganze Aufwand war umsonst gewesen und sein Plan gescheitert. Wie war es denn nur möglich gewesen, dass er bei diesem Tumult nicht aufgewacht war? Warum hatte Taylor nicht um Hilfe gerufen, als die Einbrecher über ihn herfielen? Obwohl ihm Taylor, der noch immer wie ein Häufchen Elend auf dem Boden saß, Leid tat, konnte er seinen Ärger kaum unterdrücken: Der Schneider war zwar sehr tapfer, aber sicher nicht besonders klug gewesen.

Und so kam es, dass Tobias und Taylor am nächsten Morgen, nach einem kurzen Frühstück mit Prinzessin Rosemarie und ihrem Prinzen, mit leeren Händen wieder abzogen.

„Wie erklären wir das nur unseren Freunden?", fragte sich Tobias immer wieder, während sie denselben Weg zurückgingen, auf dem sie am Vortag gekommen waren.

Am Stadtrand von Grimmhausen riefen sie ein Ixat herbei und stiegen ein. Sie waren so müde, dass sie nicht einmal die vielen kleinen Zusammenstöße bemerkten, in die ihr Ixat auf der Fahrt zum Ilsebillweg verwickelt war. Als sie endlich beim Versteck angekommen waren, erschrak Tobias: Die Eingangstür stand sperrangelweit offen.

„Was ist denn hier los?“, fragte er.

Vorsichtig betraten sie das Haus. Als sie den Wohnraum erreichten, konnte Tobias nur mit Mühe einen Aufschrei unterdrücken: Ihre Freunde verharrten so bewegungslos auf ihren Plätzen, als wären sie mitten in der Bewegung eingefroren. Die Zwerge saßen steif an ihrem Tisch und schienen noch immer Karten zu spielen. Seraphin legte gerade eine Karte in die Mitte des Tisches, als wollte er einen Stich machen. Konrad stand wie angewurzelt neben dem Kamin und hielt ein aufgeschlagenes Buch in seinen Händen. Und Roxana war gerade dabei, den schwarzen Lippenstift aus ihrem Rucksack zu nehmen.

Die Szene sah genau so aus, als hätte jemand einen Videofilm gestoppt, um sich schnell eine Coca-Cola aus dem Kühlschrank zu holen. Das Einzige, das sich im ganzen Raum bewegte, war das Feuer, das unruhig im Kamin flackerte.

„Sofia!“, rief Tobias aufgeregt. „Sofia ist nicht da!“

Taylor versuchte ihn zu beruhigen. „Vielleicht ist es ihr ja gelungen zu fliehen.“

Doch Tobias war sich sicher, dass etwas Schreckliches passiert war. „Rufus und Rocco haben sie entführt!“, sagte er mit einem Anflug von Panik. „Wenn sie überhaupt noch lebt!“

JORINDE & JORINGEL GMBH

Taylor ging auf Konrad zu und schubste ihn vorsichtig. Konrad wackelte ein paar Mal hin und her wie ein Kleiderständer, den man versehentlich angerempelt hat. Er blieb dabei steif und unbeweglich wie eine Wachspuppe.

„Was ist hier nur passiert?“, fragte Taylor. „Gibt es etwa noch eine zweite Spindel, von der wir nichts wissen?“

„Nein, das hier muss etwas anderes gewesen sein“, sagte Tobias.

Taylor ließ nicht locker. „Wieso denn? Es ist doch alles genau so, wie du es in deiner Geschichte von Dornröschen erzählt hast!“

„Nein“, beharrte Tobias. „Unsere Freunde schlafen nicht. Sie sind eher wie versteinert.“ Nachdenklich betrachtete er das seltsame Szenario. „Und da ist noch etwas.“

„Was denn?“ Taylor trat nervös von einem Fuß auf den anderen.

„Das Feuer!“ Plötzlich war Tobias klar geworden, was ihn die ganze Zeit irritiert hatte: „In Dornröschens Schloss ist sogar das Feuer ausgegangen, als sie sich in den Finger gestochen hat. Hier brennt es aber.“

Ein anderer Zauber musste also für den traurigen Zustand seiner Freunde verantwortlich sein. Aber welcher? Mutlos setzte er sich auf den Boden. Er war müde. Seine Füße brannten vom vielen Marschieren. Sofia war verschwunden. Roxana, die sonst immer so vergnügt und lebendig war, starrte ins Leere, als sei alles Leben aus ihr gewichen. Und Konrad, der als Einziger wusste, wie Tobias wieder in seine eigene Welt zurückkehren konnte, stand so regungslos neben ihm wie eine Parkuhr.

Plötzlich geriet er in Panik. Würde er jemals wieder heimkehren können? Miriam und seine Oma wiedersehen? Und seine Eltern? Tränen der Verzweiflung schossen ihm in die Augen.

„Ich muss jetzt gehen“, sagte Taylor verlegen. „Meine Frau macht sich sicherlich schon Sorgen. Und ich kann dir hier sowieso nicht helfen.“

„Geh nur“, antwortete Tobias leise. Eigentlich hätte er verzweifelt sein müssen, dass ihn auch sein letzter Verbündeter im Stich ließ. Aber irgendwie war er sogar froh darüber, dass er Taylor loswurde: Er hatte die Nase voll von seinen großen Sprüchen.

„Reiß dich zusammen!“, machte er sich selbst Mut. Er musste unbedingt herausfinden, was passiert war, und Konrad und die anderen aus ihrer Versteinerung befreien. Dann würde er auch erfahren, was Sofia zugestoßen war. Aber welches Märchen würde ihm die Lösung für dieses Rätsel liefern? Im Geiste ging er alle Geschichten durch, die er Miriam im Laufe der Zeit vorgelesen hatte.

„Das ist es!“, rief er plötzlich laut, obwohl er wusste, dass ihn niemand hören konnte. Jorinde und Joringel! Dieses Märchen hatte ihm nie besonders gut gefallen. Aber es gab darin eine Hexe, die jedermann erstarren ließ, der sich in die Nähe ihres Schlosses wagte.

Hatte Konrad nicht erwähnt, dass die Wolfsbrüder mit einer Hexe unter einer Decke steckten? Tobias spürte instinktiv, dass er der Wahrheit auf der Spur war: Die Hexe hatte seine Freunde versteinert, damit Rufus und Rocco Sofia entführen konnten. So musste es gewesen sein!

Da fiel ihm auch wieder ein, wie das Märchen von Jorinde und Joringel ausgegangen war: Die Hexe hatte Jorinde in einen Vogel verwandelt und in ihrem Schloss gefangen gehalten. Joringel aber kam in den Besitz eines Wundermittels, gegen das die Hexe machtlos war: eine blutrote Blume, in deren Mitte sich eine Perle befand. Was immer Joringel mit dieser Blume berührte, war vom Zauber der Hexe befreit. Und die Hexe konnte auch nicht näher als zwei Meter an ihn herankommen, solange er die Blume in der Hand hielt. Auf diese Weise gelang es Joringel, Jorinde zu befreien.

Nun war alles sonnenklar: Tobias musste um jeden Preis diese Blume finden. Aber wie? Er war völlig auf sich allein gestellt. Er kannte sich nicht aus in Grimmhausen und er hatte niemanden mehr, der ihm helfen konnte. Jetzt tat es ihm doch Leid, dass er Taylor nicht zurückgehalten hatte. Taylor war zwar ein Großmaul, aber vielleicht hätte er eine Idee gehabt, wo sich Jorinde und Joringel aufhielten.

Ohne den geringsten Plan verließ Tobias das Haus. Irgendetwas musste er ja tun! Er war schon ein gutes Stück weit gegangen, als ihm plötzlich einfiel, was ihm vielleicht weiterhelfen konnte: Balduins Zauberspiegel. Hatte Konrad nicht gesagt, der Spiegel könne jede beliebige Frage beantworten? Dann würde er doch auch wissen, wo sich Joringels Blume befand! Tobias eilte zum Versteck seiner Freunde zurück, zog den Spiegel vorsichtig aus Balduins Jackentasche und sah ihn nachdenklich an: Wie redete man einen sprechenden Spiegel nur an?

„Lieber Spiegel“, begann er zögernd. „Weißt du, wo Joringels Blume ist?“

Er bekam keine Antwort.

„Kannst du mir sagen, wo ich Jorinde und Joringel finden kann?“, versuchte er es erneut.

Wieder schwieg der Spiegel hartnäckig. Tobias sah nur sein eigenes, ratloses Gesicht. Er seufzte, schob den Spiegel unter seinen Gürtel und verließ das Haus. Ziellos schlenderte er durch die engen Gassen, die ihn noch immer heillos verwirrten. Er versuchte trotzdem, sich den Weg zum Versteck zu merken, damit er auch allein zurückfinden würde. Nach einigen Minuten erreichte er eine etwas breitere Straße, auf der hin und wieder ein Ixat an ihm vorüberfuhr. Da er nicht wusste, was er sonst tun sollte, rief er eines herbei und kletterte hinein.

„Wohin soll's gehen?“, fragte der Eselskopf freundlich.

„Wenn ich das nur wüsste“, sagte Tobias. „Wohin du willst.“

„Gut“, antwortete das Ixat, „dann fahr ich mit dir zu Rumpelstilzchens Haus. Von dort hat man eine wunderbare Aussicht auf die Stadt.“

„Meinetwegen“, sagte Tobias. Da er keine Ahnung hatte,

wo er mit der Suche nach der Blume beginnen sollte, konnte er genauso gut bei Rumpelstilzchen anfangen.

„Du kennst doch Rumpelstilzchen, oder?“

„Natürlich“, antwortete Tobias, der sich freute, dass Rumpelstilzchen auch in Wirklichkeit so hieß.

„Ach wie gut, dass niemand weiß, dass ich Rumpelstilzchen heiß“, sagte er. „Den Reim kennt bei uns jedes Kind!“

„Ja, ja, ohne Reime geht bei uns gar nichts“, lachte das Ixat. Im nächsten Augenblick krachte es gegen eine Straßenlaterne und Tobias wäre beinahe auf die Straße geschleudert worden.

„Aua!“, rief er, als er sich den Kopf massierte, mit dem er gegen die Rückenlehne gedonnert war.

„Kannst du nicht aufpassen?“ Er bückte sich, um den Spiegel, der beim Aufprall hinuntergefallen war, wieder aufzuheben. Zum Glück war er noch heil. Vielleicht würde er ja doch noch einen Weg finden, ihn zum Sprechen zu bringen. Als er den Spiegel so betrachtete, fiel ihm wieder ein, was das Ixat soeben gesagt hatte: dass in Grimmhausen ohne Reime gar nichts ginge. Musste man mit dem Spiegel etwa in Reimen sprechen, wenn man eine Antwort haben wollte? Es hieß ja auch ‚Spieglein, Spieglein an der Wand, wer ist die Schönste im ganzen Land?‘ Einen Versuch war es auf jeden Fall wert.

„Können wir weiterfahren?“, fragte das Ixat.

„Nein, warte einen Augenblick. Ich muss erst etwas ausprobieren.“

Er dachte nach, wie er seine Frage in einen Reim kleiden könnte.

Schließlich sagte er: „Spieglein, Spieglein in der Hand, ist dir Joringels Blume bekannt?“

„Ja“, antwortete der Spiegel knapp.

„Und, wo ist sie?“, drängte Tobias.

Der Spiegel schwieg.

Ich bin ein Idiot, dachte Tobias. Der Spiegel beantwortete ja nur Fragen in Reimform. Und er musste seine Fragen genauer formulieren, wenn er eine brauchbare Antwort haben wollte. Fieberhaft dachte er nach. Was reimte sich denn auf Blume? Oder auf Joringel? Aber so sehr er sich auch anstrengte: Es fiel ihm kein passender Reim ein.

„Kann ich dir vielleicht helfen?“, fragte das Ixat.

„Danke, aber ich glaube nicht, dass du ein Wort kennst, das sich auf Joringel reimt“, meinte Tobias.

„Da hast du Recht. Aber warum sollte ich für meinen Chef auch ein Gedicht schreiben?“

„Für deinen Chef?“

„Klar: J&J Gesellschaft mit beschränkter Haftung. J&J steht für Jorinde und Joringel. Ihnen gehören alle Ixats in Grimmhausen.“

Das war doch nicht möglich! Da hielt er einen Zauberspiegel in der Hand, und wer beantwortete seine Frage? Ein Esel!

„Kannst du mich hinbringen?“, fragte Tobias aufgeregt.

„Natürlich. Ich habe sowieso gleich Dienstschluss.“

Kurze Zeit später stoppte das Ixat vor einem Wolkenkratzer, in dessen endloser Glasfassade das Licht der Abendsonne glitzerte.

„Hier sind wir!“, rief es. Es freute sich sichtlich darüber, dass endlich Feierabend war.

Plötzlich fiel Tobias ein, dass er kein Geld dabei hatte, um es zu bezahlen.

„Ich hab nichts, womit …“

„Halb so schlimm“, unterbrach ihn das Ixat. „Ich hätte sowieso herfahren müssen: wegen der Tagesabrechnung.“

„Vielen Dank!“, sagte Tobias und stieg aus. Er hob seinen Blick: Der Glaspalast war so hoch, dass sein oberes Ende von der Wolkendecke verhüllt war. Über dem marmornen Eingang hing ein Schild, auf dem in riesigen Lettern J&J geschrieben stand.

Tobias konnte es kaum fassen: Was für ein Glück! Er wäre gar nicht auf die Idee gekommen, das Ixat nach Jorinde und Joringel zu fragen: Abgesehen von Rumpelstilzchen hatten die Märchenfiguren, die er bisher getroffen hatte, immer andere Namen gehabt, als er sie von den Brüdern Grimm her kannte. Und nun stand er vor Jorindes und Joringels Bürogebäude. Hoffentlich waren sie noch immer im Besitz der blutroten Blume!

Tobias stieg eilig die Stufen zum Eingang empor und betrat eine gläserne Drehtür. Sie drehte sich so schnell, dass er sehr rasch gehen musste, um sie nicht auf seine Fersen zu bekommen. Als die Drehtür endlich einen Ausgang freigab, landete er aber nicht wie erwartet im Inneren des Gebäudes, sondern wieder im Freien.

Eigenartig, dachte er und versuchte es aufs Neue. Ohne Erfolg. Es gab wieder nur eine einzige Möglichkeit, die Drehtür zu verlassen: nämlich ins Freie zu treten. Als auch der dritte Versuch missglückte, sah er sich Hilfe suchend nach dem Ixat um. Das Ixat lachte wiehernd.

„Du musst natürlich rückwärts gehen!“, belehrte es ihn.

Was ist daran natürlich, du blöder Esel, dachte Tobias, aber er befolgte trotzdem seinen Rat. Und siehe da: Kaum war er rückwärts durch die Drehtür gegangen, stand er auch schon in der Empfangshalle des Gebäudes.

„Einen wunderschönen guten Tag“, säuselte die Empfangsdame, kaum dass er einen Fuß in die Halle gesetzt hatte. „Womit kann ich dir helfen?“

„Ich würde gerne mit Herrn Joringel und Frau Jorinde sprechen“, sagte Tobias, der von der luxuriösen Ausstattung der Halle ein wenig eingeschüchtert war. „Wenn das möglich ist.“

„Natürlich“, sagte sie mit einem liebenswürdigen Lächeln. „Herr Joringel und Frau Jorinde haben immer ein offenes Ohr für die Wünsche unserer Kunden. Hier geht's zum Lift. Das Chefbüro befindet sich auf der 350. Etage.“

Als sich die Lifttür öffnete, zögerte Tobias einen Augenblick. Musste er wieder rückwärts einsteigen? Dann beschloss er aber, den Lift ganz normal zu betreten. Es funktionierte. In atemberaubender Geschwindigkeit schoss der Lift nach oben und bremste auf der 350. Etage sanft ab. Tobias stieg aus und warf einen Blick durch das große Fenster, das sich gleich neben dem Lift befand. Einige Stockwerke tiefer umhüllte eine wattige Wolkendecke den Turm, was ihn sofort an den Ausblick vom Flugzeug erinnerte, mit dem er im Vorjahr seinen Vater in Amerika besucht hatte.

„Komm doch herein“, sagte eine ältere, sehr gepflegte

Dame, die ihn durch eine gläserne Schiebetür beobachtet hatte.

Als Tobias bei ihrem Schreibtisch angelangt war, drückte sie auf den Knopf ihrer Gegensprechanlage und sagte: „Der junge Mann, der Sie sehen möchte, ist jetzt da.“ Und zu Tobias sagte sie: „Geh nur hinein! Sie erwarten dich schon.“

Tobias war überrascht, dass sich so wichtige Leute Zeit für ihn nahmen, obwohl er nicht einmal einen Termin hatte. Das war ja einfacher, als seine eigene Mutter in ihrem Büro zu besuchen.

„Nimm doch Platz!“, sagte Frau Jorinde.

„Nimm doch Platz!“, sagte auch Herr Joringel.

Die beiden waren etwa so alt wie Tobias' Eltern. Sie hatten beide einen grauen Anzug an mit einem hellgrünen Stecktuch, das Tobias sofort an die schreckliche Farbe der Ixats erinnerte. Sie trugen auch beide die gleiche kitschige Brille, mit einer dicken, hellgrünen Kunststoff-Fassung. Tobias setzte sich auf das weiche Ledersofa, das vor ihrem Schreibtisch stand. Er sank so tief ein, dass er kaum über die Tischkante sehen konnte.

„Was können wir für dich tun?“, fragte Frau Jorinde.

„Ja, weshalb bist du hier?“, fragte auch Herr Joringel.

Tobias wollte gerade antworten, als sein Blick auf eine Kommode fiel, die zwischen zwei Fenstern stand: Auf der Kommode thronte eine Vase und aus der Vase ragte eine Blume mit einer Perle. Das war doch unglaublich: Er war noch keine fünf Minuten in diesem Gebäude und hatte das, was er so dringend suchte, schon gefunden! Aber was sollte er nun tun? Konnte er den beiden ganz einfach die Wahrheit sagen und sie um ihre Mithilfe bitten? Eine innere Stimme mahnte ihn, vorsichtig zu sein. Wer sagte ihm denn, dass die beiden nicht mit den Wolfsbrüdern gemeinsame Sache machten? Schließlich schien es ihnen auch unter Rufus und Rocco prächtig zu gehen und ihre Ixats mussten sich nicht einmal an das Schwarzanstreichgesetz halten. Hatte er nicht unlängst in der Zeitung gelesen, dass es große Firmen mit der Moral nicht immer so genau nahmen? Nein, er konnte es nicht riskieren, die beiden ins Vertrauen zu ziehen.

Plötzlich hatte er eine Idee.

„Kennen Sie die Brüder Grimm?“, fragte er.

Frau Jorinde und Herr Joringel waren von seiner Frage sichtlich überrascht.

„Ja!“, sagte Frau Jorinde.

„Ja!“, sagte nun auch Herr Joringel. Und diesmal fügte er noch etwas hinzu, was ihm seine Frau noch nicht vorgesagt hatte: „Wir haben den Brüdern Grimm vor langer, langer Zeit unsere Geschichte erzählt. Aber woher kennst du sie denn?“

„Einer der beiden Brüder war mein Urururgroßvater“, log Tobias. „Ich habe seine Tagebücher gefunden, in denen er über seinen Besuch in Grimmhausen geschrieben hat.“

„Das ist ja interessant!“, sagte Frau Jorinde.

„Ja, das ist es wirklich“, bestätigte Herr Joringel.

Tobias musste sich beherrschen, um nicht laut loszulachen: Bei den beiden hatte wohl eindeutig Frau Jorinde die Hosen an!

„Oh!“, rief Tobias, als hätte er die Vase auf der Kommode erst jetzt gesehen. „Ist das die Blume, mit der Sie angeblich Frau Jorinde gerettet haben?“

Augenblicklich gefror das Lächeln auf Herrn Joringels Gesicht.

„Was heißt da angeblich?“, fragte er gereizt.

„Aber Herr Joringel!“, sagte Tobias scheinheilig. „Mir können Sie doch die Wahrheit sagen. Ich bin ja kein kleines Kind mehr, das an Hexen glaubt und an Blumen mit magischen Kräften.“

Herr Joringel starrte ihn entgeistert an. Unerhört, was sich dieser freche Bengel erlaubte! Wie konnte er es nur wagen, sein Wort anzuzweifeln! Selbstverständlich hatte er damals seine Frau befreit. Dabei hatte er nicht nur Klugheit bewiesen, sondern auch eine gehörige Portion Mut.

„Wenn du an unsere Geschichten nicht glaubst“, sagte er frostig, „warum bist du dann nach Grimmhausen gekommen?“

Auf diese Frage hatte Tobias gewartet. Er lächelte freundlich und sagte: „Um den Kindern in meiner Welt zu beweisen, dass die Erzählungen meiner Vorfahren erfunden und erlogen sind. Es ist nicht gut, wenn man Kindern solche Märchen auftischt.“

Frau Jorinde nahm ihre froschgrüne Brille ab und putzte sie gewissenhaft mit ihrem ebenso grünen Stecktuch. Dann hob sie den Blick und sah Tobias prüfend an. „Wenn deine Vorfahren alles erfunden und erlogen haben, wie erklärst du dir dann, dass es Grimmhausen gibt und dass du dich mit uns beiden unterhältst?“

Tobias bemühte sich ein nachdenkliches Gesicht aufzusetzen.

„Da haben Sie schon Recht“, antwortete er. „Die Figuren,

die in den Büchern vorkommen, scheint es wirklich zu geben. Aber alles andere kann doch wirklich nicht wahr sein. Sie wollen mir doch nicht einreden, dass diese komische Blume da Zauberkräfte hat!"

„Dann probier's doch selbst aus!", rief Herr Joringel entnervt. Er konnte es nicht fassen, dass Tobias die einzige Ruhmestat, die er in seinem ganzen Leben begangen hatte, anzweifelte. Er konnte es nicht zulassen, dass Tobias allen Kindern in seiner Welt erzählen würde, dass er, Joringel, gar kein Held gewesen war.

Doch Frau Jorinde schüttelte den Kopf. „Woran soll er die Blume denn ausprobieren? Dazu brauchte er doch ein Wesen, das von der Hexe versteinert wurde."

Herr Joringel ließ sich laut seufzend in seinen Sessel zurückfallen. Die Enttäuschung war ihm deutlich anzumerken.

„Vielleicht kenne ich ja so ein Wesen", sagte Tobias. Er wusste nun, wie er seine List zu Ende führen konnte.

„In der Nähe des Schlosses habe ich einen versteinerten Zwerg gesehen. Zuerst habe ich gedacht, dass es ein ganz normaler Gartenzwerg ist. Aber es gibt dort weit und breit keinen Garten! Vielleicht hat ihn ja Ihre Hexe versteinert?"

„Einen Versuch wäre es wert", meinte Frau Jorinde nachdenklich. Sie nahm die Blume aus der Vase und überreichte sie Tobias. „Aber pass gut darauf auf: Die Blume ist ein sehr wichtiges Andenken für uns."

„Ja, sehr wichtig!", bestätigte Herr Joringel.

Tobias strahlte über das ganze Gesicht, als er das kostbare Stück endlich in seinen Händen hielt. Und diesmal würde nichts schief gehen: Diesmal war kein Taylor in der Nähe, der sie sich wegnehmen lassen würde.

Als er bei der Tür angelangt war, rief ihm Frau Jorinde noch nach, dass er sich auf Kosten der Firma ein Ixat nehmen solle.

Obwohl er es sehr eilig hatte, konnte sich Tobias eine Frage nicht verkneifen, die ihn seit seiner Ankunft in Grimmhausen beschäftigte: „Wieso fahren Ihre Ixats eigentlich rückwärts?“

„Das verstehe ich nicht“, sagte Frau Jorinde verdattert. „Wie sollen sie denn sonst fahren?“

„Vorwärts natürlich! Bei uns fahren alle Taxis vorwärts. Dadurch stoßen sie auch nicht so oft mit anderen Autos zusammen.“

„Na, das ist aber interessant! Hörst du das, Joringel? Weniger Unfälle! Es ist immer gut, wenn man mit jemandem spricht, der die Dinge mit anderen Augen sieht.“

Und zu Tobias sagte sie: „Weißt du, das ist eines unserer größten Probleme. Durch die vielen Zusammenstöße haben wir wahnsinnig hohe Reparaturkosten.“

„Und dauernd Beschwerden von Fahrgästen, die sich bei den Unfällen verletzt haben“, fügte Herr Joringel rasch hinzu.

„Dann sagen Sie Ihren Ixats doch, dass sie vorwärts fahren sollen!“ Am liebsten hätte Tobias auch noch vorgeschlagen, dass sie die hässliche hellgrüne Farbe der Ixats übermalen sollten. Aber das getraute er sich dann doch nicht, da er die beiden nicht verärgern wollte.

Frau Jorinde dachte kurz über seinen Vorschlag nach, während Herr Joringel darauf zu warten schien, zu welchem

Ergebnis sie dabei kommen würde. Schließlich schüttelte sie langsam den Kopf. „Das ist leider unmöglich."

„Wieso?", staunte Tobias, der die Welt nicht mehr verstand.

„Die Mitarbeiter auf den Etagen 40 bis 120 kümmern sich ausschließlich um die vielen Beschwerden, die wir von unseren Kunden bekommen. Ohne die vielen Zusammenstöße hätten wir keine Arbeit mehr für diese Mitarbeiter und müssten sie entlassen. Das wäre aber ganz schlecht für unseren Ruf."

Tobias begriff, dass es zwecklos war, die Diskussion fortzusetzen. Er bedankte sich noch einmal höflich für die Blume, verabschiedete sich und eilte aus dem Büro.

„Und vergiss nicht, dass wir sie wiederhaben wollen!", rief ihm Frau Jorinde noch nach, doch die Lifttüre hatte sich bereits hinter Tobias geschlossen.

Zu seiner großen Erleichterung fand Tobias problemlos zum Versteck seiner Freunde zurück. Ungeduldig trat er ein und ging sofort zu Roxana. Als er ihr so gegenüberstand, fragte er sich, ob er ihr nicht einen Kuss geben sollte, bevor sie wieder aufwachte. Er verwarf diesen Gedanken aber genauso schnell, wie er ihm gekommen war: Was hätte er sich geschämt, ihre Situation derartig auszunützen! Also nahm er die Blume und berührte damit vorsichtig ihr Haar. Augenblicklich kehrte Leben in sie zurück.

Sie streckte und räkelte sich wie eine Katze, die zu lange vor dem Kamin geschlafen hat. Dann drückte sie Tobias fest an sich. Tobias war so verdutzt, dass er die Blume zu Boden fallen ließ. Doch es dauerte nicht lange und Roxana war wieder ganz die Alte. „Nun mach schon“, schubste sie ihn in Richtung Konrad. „Weck die anderen auch auf!“

Tobias hob die Blume wieder auf und befreite Konrad aus seiner Erstarrung. Danach kamen Seraphin, Valentin, Balduin und Augustin an die Reihe.

„Gut gemacht!“, lobte ihn Konrad, der sich seinen steifen Nacken massierte. „Wo hast du die Blume denn so schnell aufgetrieben?“

„Ach, das war gar nicht so schwierig“, gab Tobias zu. Er widerstand der Versuchung, sein Abenteuer in bunten Farben auszumalen, obwohl er Roxana damit sicher hätte beeindrucken können. Er fragte sich, welche Geschichte ihnen wohl Taylor aufgetischt hätte, wenn ihm es gelungen wäre, die Blume zu finden! Stattdessen fragte er: „Aber sagt mir lieber, wo Sofia ist!“

„Ihr seid noch keine Stunde weg gewesen“, erzählte Konrad, „als plötzlich die Tür eingetreten wurde und Rufus und Rocco hereinstürmten. Und sie waren nicht allein: Die Hexe, die mit ihnen unter einer Decke steckt, war auch dabei. Bevor wir auch nur mit der Wimper zucken konnten, hatte sie uns schon alle verhext. Wir mussten hilflos zusehen, wie Sofia von Rufus und Rocco weggezerrt wurde.“

Tobias nickte. Genauso hatte er sich das vorgestellt.

„Und wo ist sie jetzt?“, fragte er.

„Ich fürchte, sie haben sie in den Schlosskerker geworfen. Wie du weißt, wohnen Rufus und Rocco nun ja im Königspalast.“

Roxana kämpfte vergeblich mit den Tränen. „Was werden sie nur mit ihr tun?“, fragte sie.

„Keine Angst“, meinte Konrad. „Wir holen sie da schon heraus. Schließlich haben wir jetzt die Spindel. Nicht wahr, Tobias?“

Als Tobias die erwartungsvollen Blicke seiner Freunde sah, schossen auch ihm die Tränen in die Augen. Wie sollte er ihnen nur beibringen, dass er mit leeren Händen zurückgekehrt war? Dass er die Hoffnungen, die sie in ihn gesetzt hatten, enttäuscht hatte?

Konrad war der Erste, der begriff, warum Tobias kein Wort herausbrachte. Er legte seine Hand auf Tobias’ Schulter.

„Was ist passiert?“, fragte er.

„Zerbrochen. Das blöde Ding ist in tausend Stücke zerbrochen!“ Am liebsten hätte er laut herausgeschrien, wie dumm es von Taylor gewesen war, den Helden zu spielen, statt ihn aufzuwecken. Aber er wollte nicht die Schuld auf jemanden schieben, der sich nicht verteidigen konnte.

„Wo ist eigentlich Taylor?“, fragte Seraphin, als hätte er Tobias’ Gedanken gelesen.

„Zu Hause bei seiner Frau“, sagte Tobias, der seine Verärgerung über Taylor nur schlecht verbergen konnte. „Er war der Meinung, dass wir euch sowieso nicht helfen können.“

Konrad zog die Augenbrauen hoch. „Hat er dir wirklich gesagt, dass er bei seiner Frau ist? Das ist merkwürdig. Die Königstochter, mit der er verheiratet war, hat sich längst von ihm scheiden lassen. Sie hat es nie verkraftet, dass sie einen gewöhnlichen Schneider zum Mann nehmen musste.

Außerdem soll sie seine ständigen Angebereien satt gehabt haben."

„Das kann ich mir gut vorstellen", sagte Roxana. „Ich habe ihn gerade erst kennen gelernt und kann die Geschichte mit den Riesen und Einhörnern schon nicht mehr hören. Aber dass uns dieser Mistkerl einfach im Stich lässt, sobald es schwierig wird, schlägt dem Fass den Boden aus! Da sieht man erst, wie wenig an seinen Prahlereien dran ist. Zum Glück hat Tobias nicht so schnell aufgegeben."

Tobias' Laune wurde schlagartig besser. Seine Anstrengungen waren nicht umsonst gewesen: In Roxanas Gunst war er mächtig gestiegen! Er hatte es immerhin geschafft, eine Aufgabe zu lösen, an die sich das ‚tapfere Schneiderlein' nicht herangewagt hatte.

„Eines verstehe ich noch immer nicht", fuhr Roxana fort. „Wie haben es die Wolfsbrüder nur geschafft, unser Versteck zu finden? Wir waren doch immer so vorsichtig!"

Seraphin runzelte die Stirn. „Viele Möglichkeiten gibt es da nicht. Entweder einer ihrer Spitzel ist uns zufällig gefolgt und hat so das Versteck gefunden. Oder …"

Er zögerte, da ihm die andere Alternative offensichtlich unangenehm war.

„Oder was?", bohrte Tobias nach.

„Oder wir haben einen Verräter unter uns."

„Einen Verräter?", riefen Valentin, Balduin und Augustin im Chor.

„Das kann ich mir nicht vorstellen", sagte Roxana. „Wahrscheinlich hat einer der vielen Spitzel der Wolfsbrüder Tobias gesehen und bemerkt, dass er nicht von hier ist. Dann ist er ihm gefolgt und ist so auf unser Versteck gestoßen."

Tobias hätte gerne protestiert, aber er wusste, dass sie womöglich Recht hatte. Schließlich hatte er sich überall neugierig umgesehen und viele Fragen gestellt. Vielleicht hatte sie ja das Ixat verraten, mit dem er und Konrad in die Nähe des Versteckes gefahren waren? Ein Gefühl der Hoffnungslosigkeit machte sich in ihm breit. Sie hatten ihn nach Grimmhausen geholt, um Rufus und Rocco zu verjagen. Und was hatte er erreicht? Sofia war im Kerker gelandet!

Konrad bemerkte, dass Tobias sich Vorwürfe machte.

„Mach nicht so ein trauriges Gesicht", tröstete er ihn. „Es ist ganz sicher nicht deine Schuld, dass sie uns gefunden haben. Ich bin es, der besser hätte aufpassen müssen."

Seraphin donnerte die Faust auf den Tisch. „Statt herumzujammern, sollten wir uns lieber überlegen, wie wir Sofia befreien können!"

„Wenn sie dort überhaupt ist!", sagte Roxana. „Wir wissen ja nicht mit Sicherheit, ob Rufus und Rocco sie wirklich ins Schloss gebracht haben."

Tobias horchte auf. Roxana hatte Recht. Zuallererst mussten sie einmal das Schloss erkunden, um herauszufinden, ob Sofia wirklich dort war und wie gut sie bewacht wurde. Wenn sie das wüssten, könnten sie auch leichter einen Plan schmieden, um Sofia zu befreien.

„Ich muss irgendwie ins Schloss kommen. Unbemerkt."

„Wie willst du das anstellen?", fragte Roxana.

„Keine Ahnung."

Als er darüber nachdachte, wie er es vermeiden könnte, bei der Erkundung des Schlosses ertappt zu werden, fiel ihm ein Film ein, den er gerade im Kino gesehen hatte: Harry Potter. Harry Potter hatte einen Mantel geschenkt bekommen, mit dem er sich unsichtbar machen konnte. Auf diese Weise geisterte er in der Nacht von seinen strengen Lehrern unbemerkt durch das Schulgebäude. Einen Tarnmantel – oder eine Tarnkappe – könnte Tobias jetzt auch gut gebrauchen. Aber so sehr er sich auch bemühte, fiel ihm doch kein einziges Märchen ein, in dem so etwas vorkam.

Moment mal, dachte er plötzlich. An eine Tarnkappe kann ich mich zwar nicht erinnern. Aber an etwas Ähnliches!

Konrad konnte an Tobias' Augen sehen, dass er auf eine interessante Idee gestoßen war. „Woran denkst du?", fragte er.

„An Aschenputtel", antwortete Tobias.

„Aschenwas?", fragte Seraphin.

„Ashley", sagte Konrad. „In Wirklichkeit heißt sie Ashley."

„Tante Ashley!", rief Roxana erfreut aus. „Was hat Tante Ashley damit zu tun?"

„Du kennst sie?", fragte Tobias.

„Ja natürlich. Ich habe oft bei ihr gespielt, während meine Mutter zur Arbeit war. Wie kann sie uns helfen?"

„Nun ja", räumte Tobias ein, „ich bin mir ja gar nicht sicher, ob sie das wirklich kann. Mir ist nur eingefallen, dass Aschenputtel, ich meine Tante Ashley, immer zu einem Haselbaum gegangen ist, wenn sie Hilfe brauchte. Eines Tages hat er ihr ein goldenes Kleid hinuntergeworfen, damit sie auf ein

Tanzfest im Königspalast gehen konnte. Dort hat sie sich in den Prinzen verliebt, der sie dann geheiratet hat."

„Prinzen? Du meinst doch nicht etwa Onkel Charles, den alten Säufer! Mit dem ist Tante Ashley nämlich verheiratet."

Tobias zuckte mit den Achseln. „Ist ja auch egal. Mich interessiert ja nicht der Prinz, sondern der Haselbaum."

„Wieso?", fragte Valentin. „Was machst du denn mit einem goldenen Kleid? Damit fällst du doch noch viel mehr auf."

„Natürlich will ich kein Kleid haben", seufzte Tobias. „Aber vielleicht kann ein Haselbaum, der goldene Kleider macht, auch Tarnkappen machen, wenn man ihn darum bittet!"

„Ich weiß nicht", sagte Seraphin. „Das kommt mir schon sehr unwahrscheinlich vor."

„Aber einen Versuch ist es auf jeden Fall wert", meinte Konrad. „Wir haben ja nichts zu verlieren."

„Genau!", sagte Roxana. „Ich führe Tobias zu Tante Ashley, damit sie uns sagt, wo der Haselbaum steht."

„Und wir suchen uns in der Zwischenzeit ein anderes Versteck", sagte Konrad.

„Wir sollten auch Taylor Bescheid geben, dass wir den Kampf noch nicht aufgegeben haben", sagte Seraphin. „Wir haben nämlich jede Hilfe nötig!"

Balduin trat neben Tobias und zupfte ihn am Ärmel. „Kann ich meinen Zauberspiegel wieder haben?", flüsterte er. „Ich sehe bestimmt fürchterlich aus nach all dem Stress."

Er blickte in den Spiegel, den Tobias ihm gereicht hatte, und zuckte zusammen. „Du meine Güte!", rief er. „Habt ihr gesehen, wie blass ich bin? Und unter meinen Augen habe ich ganz tiefe Ringe!“

Er überlegte kurz, ob es zu riskant wären, dem Spiegel die Frage zu stellen, die ihm so am Herzen lag. Doch dann wagte er es: „Spieglein, Spieglein in der Hand, ist dir ein schönerer Zwerg bekannt?“

Einen Augenblick lang wartete der Spiegel mit der Antwort, als wäre er sich nicht mehr ganz sicher. „Nein“, antwortete er schließlich.

Balduin sah ihn verunsichert an. „Ich habe es bemerkt, dass du gezögert hast“, jammerte er und steckte den Spiegel in seine Jackentasche. Dann ging er ins Badezimmer, schloss die Tür hinter sich ab und kramte verzweifelt im kleinen Schminkköfferchen, das er immer bei sich trug.

RÜTTEL DICH UND SCHÜTTEL DICH

Roxana und Tobias machten sich eilig auf den Weg. Als sie so nebeneinander hergingen, betrachtete Tobias sie unauffällig aus den Augenwinkeln. Er fand, dass sie sehr ernst und entschlossen wirkte. Sie ging so schnell, dass er Mühe hatte, mit ihr Schritt zu halten.

„Du machst ganz schön Tempo!“, sagte er.

„Wer weiß, was sie der armen Sofia gerade antun.“

Tobias hätte ihr gerne Mut gemacht, aber er war ja auch selbst besorgt, dass Sofia etwas zustoßen könnte. In diesem Land der Hexen und bösen Wölfe war schließlich alles möglich.

Da Tobias nicht antwortete, fuhr Roxana fort: „Ich bin froh, dass ich endlich selbst einmal etwas tun kann. Ich halte es nicht aus, immer nur herumzusitzen und darauf zu hoffen, dass es von selbst besser wird.“ Sie sah Tobias an, der noch immer schwieg. „Woran denkst du?“

„Ich? An nichts Besonderes.“

„Ich seh dir doch an, dass du an etwas denkst. Außerdem schaust du mich immer so komisch an.“

„Tu ich das?“, fragte Tobias, der sich ertappt fühlte.

„Woran denkst du, wenn du mich so ansiehst?“

Tobias wusste nicht so recht, was er antworten sollte. Wenn er ihr sagte, dass er sie mochte, würde sie sich vielleicht über ihn lustig machen.

„Also, sag schon!“, drängte Roxana.

„Du bist ganz anders, als ich dachte. Ich meine, du bist gar nicht so wie Rotkäppchen im Buch.“

Roxana sah ihn fragend an.

„Ein braves und schüchternes Mädchen“, erklärte Tobias.

Roxana lachte laut auf. „Und rot gefärbte Haare und Piercings hat sie wohl auch nicht.“

„Nein, ganz sicher nicht!“

„Wäre es dir lieber, wenn ich so wie das Rotkäppchen aus deinem Buch wäre?“

Tobias schüttelte den Kopf und grinste dabei von einem Ohr zum anderen.

Mittlerweile war Roxana vor einem Haus stehen geblieben, das sich in äußerst baufälligem Zustand befand. Auf dem Dach fehlten einige Ziegel, die nun verstreut im Garten herumlagen. Das Gras wucherte kniehoch und war mit Unkraut durchwachsen. Eine Fensterscheibe war kaputt und nur notdürftig mit einem Stück Plastik verhängt. Auch der Bretterzaun, der das kleine Grundstück umgab, war löchrig wie ein Schweizer Käse.

„Hier lebt deine Tante Ashley?“, fragte Tobias ungläubig. „Ich dachte, sie hätte einen Prinzen geheiratet?“

„Onkel Charles!“, seufzte Roxana. „Tante Ashley hat mir erzählt, dass er sein ganzes Vermögen beim Kartenspielen verloren hat. Und dann hat er auch noch mit dem Trinken angefangen. Tante Ashley ist jetzt wieder genauso arm wie früher.“

„Ist wohl ziemlich dumm gelaufen für die beiden. Im Märchen hat es nach der großen Liebe geklungen."

„Große Liebe? Dass ich nicht lache! Die beiden hacken ständig aufeinander herum."

Tobias läutete an der Tür.

„Vergiss es", meinte Roxana. „In diesem Haus funktioniert gar nichts mehr." Sie trat durch die Gartentür, die sich nur noch mit letzter Kraft in den Scharnieren zu halten schien, und hämmerte mehrmals mit der Faust an die Eingangstür.

Eine ältere Frau öffnete ihnen. Ihr Haar war ungepflegt und unter ihren Augen hatte sie dunkle Schatten. Um den Bauch hatte sie eine Schürze gebunden, auf der so viele Flecken zu sehen waren, dass sie wohl schon seit Monaten damit gekocht hatte, ohne sie zu waschen.

„Roxana! Wie schön, dass du mich wieder einmal besuchen kommst!" Sie küsste Roxana liebevoll auf die Stirn.

„Und wer ist dieser junge Mann?"

„Das ist Tobias. Ein Freund von mir."

„Kommt doch herein", sagte Tante Ashley freundlich. „Drinnen ist es viel gemütlicher!"

Roxana und Tobias hängten ihre Jacken an die Garderobe des winzig kleinen Vorzimmers und betraten das Wohnzimmer.

Das soll gemütlich sein?, dachte Tobias, dessen Augen sich erst langsam an die Dunkelheit gewöhnen mussten. Obwohl draußen helllichter Tag war, waren die dicken Vorhänge zugezogen. Tobias stolperte beinahe über eine der leeren Weinflaschen, die überall herumlagen. Auch auf dem Tisch standen zahlreiche Flaschen und Gläser und inmitten dieses

Durcheinanders schlief ein glatzköpfiger Mann, der seinen Kopf auf die Oberarme gelegt hatte. Er schnarchte dabei wie ein Sägewerk. Tobias hatte noch nie so lautes Schnarchen gehört. Nicht einmal sein verstorbener Opa hatte diese Lautstärke erreicht.

„Kann ich die Vorhänge aufmachen?“, fragte Roxana. „Und ein Fenster. Es riecht hier ein bisschen …“

„Es riecht nicht“, fiel ihr Tante Ashley ins Wort, „es stinkt! Und zwar ganz gewaltig.“ Bei diesen Worten stieß sie Onkel Charles unsanft in die Rippen, woraufhin dieser aus seinem Schlaf hochschreckte und sich verdattert umsah.

„Weil dein lieber Onkel sich schon wieder einmal in aller Herrgottsfrühe betrinken musste“, sagte sie noch, mehr zu Onkel Charles als zu Roxana.

Onkel Charles sah sie giftig an. „Wenn ich schlafe, muss ich mir dein ständiges Gejammer wenigstens nicht anhören!“

„Wenn man mit dir leben muss, kann man ja nur jammern.“

„Bitte!“, mischte sich Roxana ein. „Muss das schon wieder sein? Könnt ihr euch nicht einmal zusammenreißen, wenn ich hier bin?“

„Entschuldige“, sagte Tante Ashley. „Du hast Recht. Was soll denn dein Freund Matthias nur von uns denken.“

„Tobias“, sagte Tobias, dem die ganze Situation furchtbar unangenehm war.

„Natürlich. Tobias. Wie dumm von mir.“ Tante Ashley sammelte hastig ein paar Kleidungsstücke ein, die über das Sofa verstreut lagen. Sie machte eine einladende Geste. „Setzt euch doch hin. Wollt ihr etwas trinken?“

Roxana machte keine Anstalten, sich zu setzen. Stattdessen sagte sie: „Tante Ashley, sei nicht böse, aber wir haben nicht viel Zeit. Wir wollten dich um einen Gefallen bitten."

Tante Ashley zog die Augenbrauen hoch. „Einen Gefallen? Aber gerne! Was kann ich denn für euch tun?"

Roxana wusste nicht so recht, wo sie anfangen sollte. Tante Ashley interessierte sich nicht dafür, was in Grimmhausen so vor sich ging. Natürlich hatte sie mitbekommen, dass die Wolfsbrüder die Macht ergriffen hatten: Sie hatte ja auch, so wie all die anderen, ihr Haus schwarz anstreichen müssen. Sie selbst übrigens und nicht Onkel Charles, der an diesem Tag wieder einmal sternhagelvoll gewesen war.

„Rufus und Rocco haben Königin Sofia gefangen genommen", sagte Roxana schließlich. „Und wir wollen sie wieder befreien."

„Ihr beide?", fragte Tante Ashley. „Das kann doch nicht dein Ernst sein. Das ist viel zu gefährlich. Und was könnt ihr zwei Kinder schon gegen die Wolfsbrüder ausrichten?" Sie schüttelte energisch den Kopf.

„Wir machen das ja nicht allein. Und irgendwer muss doch etwas tun! Oder sollen wir darauf warten, dass Onkel Charles etwas unternimmt?"

Onkel Charles konnte nicht protestieren, da er schon wieder eingeschlafen war. Aber wenigstens schnarchte er nun leiser als zuvor.

Tante Ashley seufzte. Sie wusste, wie stur Roxana sein konnte, wenn sie sich etwas in den Kopf gesetzt hatte. Und wie hoffnungslos das Unterfangen war, ihr das dann ausreden zu wollen. Also gab sie wie immer nach. „Nun sag schon: Womit kann ich euch helfen?“

Tobias beschloss, nicht lange um den heißen Brei herumzureden. „Können Sie uns sagen, wo der Haselbaum ist, von dem Sie Ihr goldenes Kleid bekommen haben?“

„Der Haselbaum?“, staunte Tante Ashley. Und zu Roxana sagte sie mit vorwurfsvoller Miene: „Du hast mir doch versprochen, niemandem davon zu erzählen!“

„Hab ich doch gar nicht! Tobias hat das schon vorher gewusst. Von den Brüdern Grimm.“

„Ah! Ich hab mir doch gleich gedacht, dass Matthias nicht von hier ist!“

„Tobias“, sagte Tobias.

„Natürlich. Wie dumm von mir.“

„Und?“, drängte Roxana. „Wo ist dieser Haselbaum?“

„Sei doch nicht so ungeduldig, Kind. Ich weiß gar nicht, ob es den Baum überhaupt noch gibt. Ich war schon seit einer Ewigkeit nicht mehr dort.“

„Wieso denn?“, fragte Tobias. Er konnte nicht verstehen, warum Tante Ashley den Haselbaum nicht darum bat, ihre tristen Lebensumstände zu verbessern.

Tante Ashley blickte ihn ernst an. „Weil ich abergläubisch bin. Der Baum hat mir schon einmal Unglück gebracht.“ Sie deutete mit einem Kopfnicken auf Onkel Charles, dessen Schnarchen schon wieder eine bedenkliche Lautstärke erreicht hatte. „Merkt euch: Es ist nicht alles Gold, was glänzt.“

„Das wissen wir, Tante Ashley“, sagte Roxana. Sie fürchtete, dass Tante Ashley nun wieder das alte Lied von ihrem verpfuschten Leben singen würde. „Kannst du uns trotzdem sagen, wo der Baum ist?“

Tante Ashley nickte. „Weißt du noch, wo der Turm steht, von dem Rahel immer die Haare heruntergelassen hat, um die Zauberin daran hinaufklettern zu lassen?“

Tobias hatte keinen Zweifel, dass es sich bei Rahel um Rapunzel handeln musste.

„Natürlich weiß ich das noch“, sagte Roxana. „Du bist doch früher oft mit mir hingegangen, als ich noch klein war. Rahel wohnt aber nicht mehr dort, oder?“

„Aber nein. Auf die Spitze des Turmes hat man inzwischen ein Restaurant gebaut, das sich ständig im Kreis dreht. Und man muss auch nicht mehr an Rahels Haaren hinaufklettern: Es gibt jetzt einen Panoramalift, von dem aus man einen wunderschönen Ausblick auf das ganze Tal hat.“

„Wirklich? Das klingt aber nett!“

„Ach, ich weiß nicht“, seufzte Tante Ashley. „Ich mag dieses moderne Zeug nicht! Als ich so alt war wie du …“

„Tante Ashley!“, fiel ihr Roxana ins Wort. Sie wusste, dass ihre Tante nicht mehr zu stoppen war, wenn sie anfing, über die gute alte Zeit zu sprechen, in der Prinzen noch reich und zuverlässig gewesen waren. „Wo finden wir denn nun den Haselbaum?“

„Gleich neben dem Turm führt ein schmaler Steg durch einen dichten Tannenwald. Weicht nie von diesem Steg ab, denn im Wald treibt eine Bande von Kobolden ihr Unwesen. Nach ungefähr einer halben Stunde kommt ihr zu einer Lichtung und dort steht mein Haselbaum. Das heißt, wenn er dort noch steht!“

„Vielen Dank, Tante Ashley!“, sagte Roxana, gab ihr einen Kuss auf die Wange und stürmte hinaus. Tobias murmelte einen undeutlichen Gruß und eilte ihr nach.

„Halt! Nicht so schnell!“, rief Tante Ashley ihnen nach. „Ihr wisst ja gar nicht, wie ihr den Haselbaum ansprechen müsst!“

„Keine Sorge“, antwortete Roxana, die bereits im Freien stand. „Tobias weiß das schon.“

„Ich dachte, er heißt Matthias?“, sagte Tante Ashley, aber die Tür war bereits ins Schloss gefallen. Es herrschte wieder Stille in ihrem bescheidenen Häuschen, abgesehen vom monotonen Schnarchen ihres Mannes. Sie sah ihn traurig an, spürte, wie eine Träne langsam über ihre Wange rann, und sagte leise vor sich hin: „Bäumchen, rüttel dich und schüttel dich, wirf Gold und Silber über mich!“

Es dauerte nicht lange, bis Roxana und Tobias bei dem Turm angekommen waren, von dem Tante Ashley gesprochen hatte.

Tobias staunte. „Der ist ja riesig! Rapunzel muss ganz schön langes Haar gehabt haben.“

„Rapunzel?“

„Rahel meine ich. Im Buch hieß sie Rapunzel.“

„So ein blöder Name! Da ist ja Rotkäppchen noch besser!“

„Na, ich weiß nicht“, meinte Tobias. „Komm, lass uns weitergehen. Da vorne ist der Steg!“

Der Wald, durch den sie der Steg führte, war so dicht, dass schon nach wenigen Metern nichts mehr vom hellen Sonnenschein zu bemerken war. Tobias musste unwillkürlich an Hänsel und Gretel denken, die von ihren Eltern in einem großen Wald ausgesetzt worden waren. Roxana und er würden sich aber nicht verirren, denn es gab nur einen einzigen Weg und der war trotz der Dunkelheit gut zu erkennen.

Je tiefer sie in den Wald eindrangen, desto unheimlicher wurden die Geräusche, die sie umgaben. Manchmal glaubten sie das Schluchzen einer alten Frau zu hören, dann wieder hektisches Flüstern, das so nah war, als ginge jemand unmittelbar hinter ihnen. Wenn sie sich aber umdrehten, war niemand zu sehen. Manchmal war es auch totenstill, als gäbe es im ganzen Wald nicht das geringste Anzeichen von Leben. Aber kaum hatten sie sich an die Stille gewöhnt, setzte auch schon wieder hämisches Gelächter ein.

„Ganz schön gruselig hier“, sagte Roxana. „Ob das die Kobolde sind?“

Tobias zuckte mit den Achseln. „Sie werden uns schon nichts tun“, versuchte er Roxana Mut zu machen, obwohl auch er auf dem ganzen Körper eine Gänsehaut hatte. Aber das hätte er natürlich niemals zugegeben.

„Endlich!“, sagte Roxana erleichtert, als es allmählich heller wurde. Kurz darauf erreichten sie eine Lichtung.

„Da vorne!“, rief Tobias. „Das muss der Haselbaum sein!“

Da standen sie nun also unter dem Baum, der Aschenputtel einst alle Wünsche erfüllt und ihr doch kein Glück gebracht hatte. Er war viel größer, als Tobias gedacht hatte.

„Nun mach schon!“, drängte ihn Roxana.

Tobias überlegte kurz, wie er den Märchenreim umändern musste, um zu bekommen, was er wollte. Dann sah er zur

Baumkrone hoch und sagte: „Bäumchen, rüttel dich und schüttel dich, wirf eine Tarnkappe über mich.“

Der Haselbaum begann zwar sofort sich zu schütteln, aber nicht so, wie Tobias sich das vorgestellt hatte: Der Baum schüttelte sich vor Lachen. Er lachte so sehr, dass dutzende Blätter zu Boden fielen.

„Wieso lachst du?“, fragte Tobias, der fand, dass man zu einem Baum ruhig ‚Du‘ sagen konnte. Vor allem zu einem Baum, der einen auslachte.

„So lustig hat mich schon seit Ewigkeiten niemand mehr angeredet“, antwortete der Baum und wischte sich den Tau von den Blättern. „Die Letzte, die das getan hat, war eine junge Frau, deren Selbstmitleid kaum auszuhalten war. Sie wollte unbedingt reich heiraten, um nicht mehr arbeiten zu müssen. Ich glaube, sie hat Ashfield geheißen.“

„Ashley“, korrigierte ihn Roxana, „nicht Ashfield.“

„Richtig! Ashley. Ich habe sie sogar noch in meiner Kundendatei: Vier Kleider und zwei Paar Pantoffeln hat sie von mir bekommen. Und nicht gerade vom Billigsten! Ich hoffe, sie hat sich damit den Mann geangelt, hinter dem sie her war!“

Roxana zog es vor zu schweigen, um den Haselbaum nicht zu enttäuschen.

Auch Tobias ging nicht weiter auf das Schicksal von Tante Ashley ein. „Wie muss man dich denn heute anreden, wenn man etwas von dir will?“

„Ich bin da sehr flexibel. Die meisten meiner Kunden kommen nicht einmal persönlich vorbei, sondern bestellen einfach etwas aus meinem Katalog. Das schicke ich ihnen dann mit einem Ixat nach Hause. Wenn es ihnen nicht gefällt, können sie es problemlos innerhalb von zwei Wochen umtauschen oder sogar ganz zurückgeben. Bei mir ist der Kunde König, müsst ihr wissen!“

„Seltsam“, sagte Roxana, „wieso habe ich noch nie etwas von dir gehört? Auch meine Freundinnen haben mir noch nie von dir erzählt, und da sind welche dabei, die kaufen sich jeden zweiten Tag neue Klamotten!“

Der Haselbaum seufzte. „Ich weiß, dass ihr jungen Leute mich nicht so cool findet wie eure Omas und Großtanten. Die sind heilfroh, dass sie die Wohnung nicht verlassen müssen, um bei mir einzukaufen. Vielleicht sollte ich ein bisschen mehr für Werbung ausgeben, um dich und deine Freundinnen von meinem Angebot zu überzeugen. Und das kann sich wirklich sehen lassen!“

Tobias griff den Ball sofort auf. „Wenn dein Angebot so toll ist, hast du doch sicher eine Tarnkappe für mich, oder?“

„Meinst du damit eine Kappe, die dich unsichtbar macht?“

„Ja, genau!“

„Da muss ich erst einmal nachsehen. Welche Größe hast du denn?“

„Welche Größe?“, fragte Tobias verdattert. „Weiß nicht so genau.“

„Kein Problem“, sagte der Haselbaum, „das haben wir gleich.“

Zwei Äste senkten sich herab und begannen Tobias von Kopf bis Fuß abzutasten.

Tobias zuckte zusammen, als die Äste bei seinen Achselhöhlen angelangt waren.

„Das kitzelt ja!“

„Entschuldige“, sagte der Baum. „Ich bin auch schon fertig. Aber ich fürchte, ich habe nichts mehr in deiner Größe.“

Tobias und Roxana sahen einander an. Die Enttäuschung stand ihnen ins Gesicht geschrieben.

„Und jetzt?“, fragte Roxana.

„Ich weiß auch nicht. Wie soll ich denn nur ins Schloss kommen?“

„Ins Schloss?“, mischte sich der Haselbaum ein. „Ich hab für jeden Anlass die passende Kleidung. Ob sportlich oder elegant: alles kein Problem! Sehr in Mode sind heuer rote Streifen auf gelbem Grund!“

„Ich will mich doch nicht als Clown verkleiden!“, protestierte Tobias.

„Verkleiden!“, rief Roxana. „Das ist es! Wenn du schon nicht unsichtbar bist, solltest du dich wenigstens gut verkleiden, damit man dich nicht erkennt.“

„Gar keine schlechte Idee. Aber als was denn? Als Bettler? Oder als Mönch?“

„Alles kein Problem“, sagte der geschäftstüchtige Haselbaum. „Ich habe auch eine große Kostümabteilung. Zurzeit verkaufe ich gerade meine Altbestände zu sehr günstigen Konditionen ab: zwei Kostüme zum Preis von einem. Na, was sagst du dazu?“

„Was mache ich denn mit zwei Kostümen? Ich brauche nur eines, und das soll möglichst unauffällig sein.“

„Das ist nun aber ein kleines Problem“, gab der Haselbaum zu. „Die meisten Kunden kaufen nämlich Kostüme, weil sie auffallen wollen.“ Aber er war nicht umsonst der erfolgreichste Haselbaum weit und breit. Fröhlich rief er aus: „Ich hab’s! Ein Vogelkostüm. Ist erst vor zwei Tagen hereingekommen. Der letzte Schrei!“

Roxana schüttelte den Kopf. „Die Wachen fallen doch nicht auf einen Vogel herein, der über einen Meter groß ist und an der Tür anklopft!“

„Du hast Recht“, meinte Tobias. „Wir müssen uns etwas anderes einfallen lassen.“

„Nicht so hastig, meine Lieben!“, sagte der Haselbaum. „Mein Vogelkostüm ist etwas ganz Besonderes.“

„Inwiefern?“

„Jeder, der es anzieht, kann damit fliegen. Und er nimmt auch automatisch die Größe des Vogels an. Nicht schlecht, was?“

„Das ist perfekt!“, sagte Tobias zu Roxana. „Damit komme ich unbemerkt an den Wachen vorbei und kann mir in Ruhe das ganze Schloss ansehen!“

„Na, was ist?“, fragte der Baum. „Möchtest du es einmal anprobieren?“

„Ja, gerne!“

Im nächsten Moment fiel ein kleines Etwas aus der Baumkrone herab und landete zu Tobias’ Füßen. Er hob es auf.

„Das ist ja nicht viel größer als meine Hand!“, sagte er. „Das passt mir doch nie im Leben!“

„Abwarten, mein junger Freund“, sagte der Baum.

Seine Stimme klang so, als würde er dabei schmunzeln – aber er hatte natürlich weder einen Mund noch ein Gesicht, mit dem er hätte schmunzeln können. Er war ja nur ein ganz normaler sprechender Baum, mit Ästen, Blättern und einem reichhaltigen Sortiment an Kleidungsstücken.

„Zieh's doch einmal an!“, forderte er Tobias auf.

Tobias starrte ungläubig auf das winzige Federkleid in seiner Hand.

‚Einfach anziehen‘, dachte er. Sehr witzig! Doch dann geschah etwas sehr Merkwürdiges: Als er mit einem Finger in das Kostüm hineingriff, wurde der Finger plötzlich winzig klein. Er konnte nun die ganze Hand hineinstecken, die augenblicklich schrumpfte, dann den Unterarm und schließlich auch den Oberarm.

„Wahnsinn!“, sagte er zu Roxana, die ihm staunend dabei zusah, wie er nach und nach in dem kleinen Vogelkostüm verschwand. Es dauerte nicht lange, und von Tobias war nichts mehr zu sehen. An seiner Stelle saß ein unscheinbarer grauer Sperling vor ihr auf dem Boden. Sie hob ihn vorsichtig auf und setzte ihn auf ihre geöffnete Handfläche.

„Kannst du mich verstehen?“, fragte sie ihn.

„Tschilp!“, machte der Vogel in ihrer Hand.

„Er versteht mich nicht mehr!“, rief sie aufgeregt zur Baumkrone hinauf. „Was hast du nur mit ihm gemacht?“

„Beruhige dich“, sagte der Vogel mit Tobias' Stimme. „Das war doch nur ein Scherz!“

„Das ist gar nicht lustig!“, machte Roxana ihrem Ärger Luft. „Sag mir lieber, was du nun vorhast.“

„Na was wohl: Ich fliege sofort zum Schloss.“

„Sei aber vorsichtig“, sagte sie. „Und ich versuche in der Zwischenzeit herauszufinden, wo sich Konrad und die anderen jetzt versteckt halten.“

Tobias hob seinen kleinen Vogelkopf. „Da fällt mir ein: Wie finde ich euch denn wieder, wenn ich vom Schloss zurückkomme?“

Roxana dachte kurz nach. Dann sagte sie: „Ich werde eine Nachricht bei Tante Ashley hinterlassen. Sie ist so harmlos, dass niemand auf den Gedanken kommen wird, dass sie an einer Verschwörung teilnimmt!“

„Gute Idee!“, sagte Tobias. „Also, ich flieg jetzt. Bis später!“

Doch das war leichter gesagt als getan. Wie flog man eigentlich? War das so einfach wie Rad fahren oder musste man lange üben, um nicht gegen den nächsten Baumstamm zu donnern? Vorsichtig breitete er seine Flügel aus. Zwei, drei Flügelschläge reichten aus, um abzuheben und sich von Roxanas Hand zu lösen. Er flog! Und es war kinderleicht. Vielleicht halfen ihm aber auch die vielen Stunden, die er schon mit dem Joystick in der Hand vor dem Computer verbracht hatte.

Nachdem er Roxana zu Übungszwecken ein paarmal umkreist hatte, stieß er steil in den Himmel hinauf und nahm Kurs auf den Schlossberg.

„Viel Glück!“, rief ihm Roxana noch nach, aber Tobias war nur noch ein kleiner Punkt am Himmel.

Sie wollte eben den Heimweg antreten, als ihr einfiel, dass sie das Vogelkostüm noch gar nicht bezahlt hatten.

„Wie viel bekommst du denn für das Kostüm?“, fragte sie, während sie ihre Hosentaschen durchwühlte.

„Geschenk des Hauses“, antwortete der Haselbaum. „Schließlich liegt es auch in meinem Interesse, dass den Wolfsbrüdern endlich das Fell über die Ohren gezogen wird. Seit sie an der Macht sind, verkaufe ich nur noch schwarze Hosen und Pullover und bleibe auf den schönen bunten Sachen sitzen. Hast du eine Ahnung, wie viel es heutzutage kostet, so viele Waren auf Lager zu halten?“

Roxana schüttelte den Kopf. „Ich muss leider dringend weg. Aber vielen Dank für deine Hilfe!“

„Vergiss nicht, deinen Freundinnen von mir zu erzählen!“, rief der Haselbaum ihr noch nach, doch Roxana war schon im dunklen Wald verschwunden.

IN DER HÖHLE DES LÖWEN

Das ist ja fantastisch!", jubelte Tobias. Übermütig drehte er seine Kreise am Himmel. Dann setzte er zum Sturzflug an und sauste in einem Höllentempo auf die Erde zu. Der Wind pfiff ihm um die Ohren und seine Augen füllten sich mit Tränen. Im letzten Augenblick, knapp über den Baumwipfeln eines Jungwaldes, drehte er ab und flog in weitem Bogen wieder himmelwärts. Mit einem Jauchzen durchstieß er die dicke Wolkendecke, die an diesem Tag hartnäckig über Grimmhausen lag. Doch so schön es auch war, im hellen Sonnenschein über ein endloses Meer aus Watte dahinzugleiten: Tobias vergaß nicht, dass er nicht zum Vergnügen hier war. Also tauchte er hinab durch die kühle Wolkenschicht, bis er die Schornsteine von Grimmhausen wieder deutlich unter sich sehen konnte.

In der Ferne war auch schon der mächtige Schlossberg zu erkennen, auf dem das Schloss von Königin Sofia über Grimmhausen thronte. Trotz seiner kleinen Flügel dauerte es nicht lange, bis er es erreicht hatte. Er überflog den breiten Burggraben und landete vorsichtig auf dem flachen Dach des Wachturms. Von hier aus konnte er unbemerkt das Treiben im Innenhof beobachten. Er sah Männer mit ungepflegten Bärten,

Frauen in schmuddeligen Kleidern und verwahrloste Kinder, die mit Steinen nach Vögeln warfen, um sich die Langeweile zu vertreiben. Die Männer zapften eine schaumige Flüssigkeit aus einem riesengroßen Fass. Sie grölten und unterhielten sich lautstark. Manche putzten ihre Gewehre, andere prügelten sich. Das mussten die Diebe und Banditen sein, mit deren Hilfe die Wolfsbrüder Grimmhausen erobert hatten. Wie sollten Tobias und seine Freunde nur ungeschoren an dieser wilden Bande vorbeikommen, wenn sie Sofia befreien wollten?

„Ruhe, verdammt noch mal!", hallte plötzlich eine schrille, durchdringende Stimme durch das Schloss. „Wenn ihr nicht sofort ruhig seid, verwandle ich euch alle in Blumentöpfe!"

Augenblicklich wurde es still. Alle blickten zu dem Fenster hoch, aus dem eine alte Frau zu ihnen herabgerufen hatte.

Die Hexe!, dachte Tobias. Das konnte nur die Hexe sein, von der Konrad erzählt hatte. Was für eine schreckliche Stimme sie hatte! Als sie wieder vom Fenster verschwunden war, zögerte er trotzdem nicht lange und flog hinüber. Was blieb ihm denn anderes übrig? Schließlich war er hierher gekommen, um möglichst viel herauszufinden.

Als er auf dem Fenstersims landete, zitterte er am ganzen Körper. Was würde die Hexe nur mit ihm anstellen, wenn sie seine Verkleidung durchschaute? Vorsichtig spähte er in den dunklen Raum hinein.

„Blumentöpfe ist gut, was?", hörte er die Hexe sagen. Er sah, dass sie an einem steinernen Kamin lehnte. Aber mit wem sprach sie? Obwohl sich seine Augen allmählich an die veränderten Lichtverhältnisse gewöhnten, konnte Tobias außer ihr niemanden erkennen. Plötzlich bemerkte er aus den Augenwinkeln, dass sich irgendetwas auf ihn zubewegte. Instinktiv flatterte er hoch. Keine Sekunde zu früh, denn die scharfen Krallen einer Katze hatten ihn bereits gepackt und ihm zwei Federn aus dem Kostüm gerissen. Zu Tode erschrocken rettete er sich auf den kristallenen Kronleuchter, der in der Mitte des kleinen Turmzimmers hing. Er blickte hinab in die gelben Augen des Katers, der mit aufgestellten Nackenhaaren und ausgefahrenen Krallen auf dem Fensterbrett hockte.

„Lass doch den Piepmatz in Ruhe", sagte die Hexe.

„Und wenn nicht?", fauchte die Katze böse zurück. „Verwandelst du mich dann auch in einen Blumentopf?"

„Sei nicht so gemein, Gilbert." Die Hexe wirkte auf Tobias plötzlich sehr, sehr müde. „Du weißt genau, dass ich heute Morgen meine Zauberkräfte verloren habe. Ich kann nicht einmal einer Fliege etwas zu Leide tun! Wenn das irgendjemand herausbekommt, bin ich erledigt."

Gilbert nickte, während er an seiner Vorderpfote leckte. „Rufus und Rocco werden dich in Stücke reißen, wenn sie auch nur ein Anzeichen von Schwäche an dir entdecken."

„Ich weiß", seufzte die Hexe. „Und das, obwohl die beiden ohne mich längst tot wären. Erinnerst du dich noch, wie viele Steine sie in ihren Bäuchen hatten?"

„Das kommt davon, wenn man sich mit so dunklen Gestalten wie den Wolfsbrüdern einlässt", stellte der Kater mitleidslos fest. „Du hast die beiden nur deshalb gesund gepflegt, weil du so machtgierig bist: Du wolltest mit ihrer Hilfe die Herrscherin über Grimmhausen werden. Jetzt musst du eben sehen, wie du mit ihnen fertig wirst!"

„Halt dein freches Maul!", rief die Hexe und warf eine Tonvase in seine Richtung. Er duckte sich und die Vase flog in weitem Bogen aus dem Fenster.

Gilbert fuhr erneut seine scharfen Krallen aus. „Ist es etwa meine Schuld, wenn du so dumm bist, dich selbst zu verhexen? Sitzt vor dem Schminktisch und verhext ihr eigenes Spiegelbild! Das ist doch wirklich zu dämlich!"

Die Sache war ihr sichtlich unangenehm. Für eine Hexe, die etwas auf sich hielt, war das sehr peinlich. Dabei hatte sie doch nur die Zeit, die sie für ihre tägliche Morgentoilette benötigte, sinnvoll nützen wollen. Warum also nicht die Zaubersprüche ausprobieren, die sie eben erst auf einer Hexentagung gelernt hatte? Woher hätte sie denn wissen sollen, dass diese Sprüche sogar beim eigenen Spiegelbild funktionierten?

Abgesehen davon hatte sie sowieso nicht an die Wirksamkeit dieser neumodischen Zaubersprüche geglaubt. „Verhexen von Hexen ist keine Hexerei" lautete das Motto der Tagung. So ein Unsinn! Auch den Vortragenden hatten die Kursteilnehmer nicht richtig ernst genommen, denn der war, in Menschenzeit gemessen, noch nicht einmal dreihundert Jahre alt! So grün hinter den Ohren und behauptete zu wissen, wie man eine erfahrene Hexe in null Komma nichts unschädlich machen könne. Sie hatte nur misstrauisch die Augenbrauen gehoben und die Nase gerümpft.

So hatte sie also heute Morgen an ihrem Schminktisch gesessen und ganz arglos die verheerenden Worte ausgesprochen:

„Hühnerblut und Kuckucksei, aus ist's mit der Hexerei!" Zu ihrem Unglück hatte sie sich dabei tief in die Augen gesehen, da sie gerade damit beschäftigt war, sich die Nase zu pudern. Und weg waren sie, ihre übernatürlichen Kräfte!

Obwohl Gilbert bemerkte, wie peinlich ihr die Situation war, ließ er seinem Spott freien Lauf. „Das kommt davon, dass du so eitel bist. Wenn die ganze Schminke wenigstens etwas helfen würde! Aber so viel Make-up kannst du gar nicht auftragen, dass man die fette Warze auf deiner Nase nicht sieht."

Tobias bemerkte, dass die Hexe kreidebleich wurde und sich fieberhaft umsah. Wahrscheinlich überlegte sie, womit sie diesmal nach ihrem vorlauten Kater werfen sollte. Da klopfte es an der Tür.

Der Kopf eines Wachpostens kam zum Vorschein.

„Was gibt es denn?", brüllte die Hexe ihn an.

„Einer Ihrer Informanten möchte Sie dringend sprechen", sagte der Wachmann kleinlaut. Dabei zog er sich seinen Helm tief ins Gesicht, wie eine Schildkröte, die sich in ihrem Panzer verkriecht, wenn sie Gefahr wittert.

„Sag ihm, er soll sich zum Teufel scheren", schimpfte die Hexe. „Ich hab jetzt keine Zeit. Wir haben hunderte Spitzel, die für uns arbeiten. Da kann ich mich nicht um jeden Einzelnen kümmern."

Der Wachposten zog die Tür ein wenig zu, sodass nur noch seine spitze Nase zu sehen war. „Entschuldigen Sie bitte", nahm er all seinen Mut zusammen, „aber der Mann sagt, es sei sehr wichtig."

„So? Sagt er das! Wie heißt denn dieser Wichtigtuer?“

„Es ist Agent 007 auf einen Streich.“

„007 auf einen Streich? Meinetwegen. Soll hereinkommen.“

Als 007 den Raum betrat, sah ihn die Hexe mürrisch an. „Was willst du denn?“, fragte sie. „Ich habe dich für deine Dienste doch schon großzügig bezahlt!“

Tobias wäre beinahe vom Kronleuchter gefallen, als er sah, wer da zur Tür hereinkam: Es war niemand anderer als Taylor. Tobias kochte vor Wut, als der Mann, dem er vertraut hatte, nun vor der Hexe eine tiefe Verbeugung machte. Am liebsten hätte er laut „Verräter!“ gerufen, aber dann wäre seine Tarnung aufgeflogen.

„Natürlich hast du mich gut bezahlt“, sagte Taylor indessen. „Dafür bin ich auch dankbar. Aber …“

„Aber was?“, herrschte sie ihn an.

„Es gibt Neuigkeiten.“

Taylor konnte nur mit Mühe verbergen, wie sehr ihn der schroffe Ton der Hexe kränkte. Schließlich war er es gewesen, der das Versteck von Sofia gefunden hatte. Als er dann mit Tobias zu Dornröschens Burg aufgebrochen war, hatte er bei einem Haus am Stadtrand Halt gemacht, um einem Gehilfen der Hexe das Versteck von Sofia zu verraten. Tobias hatte er weisgemacht, dass er nur kurz seiner Frau Bescheid sagen müsse.

Und das war noch nicht alles, was er für die Hexe getan hatte: Um auf Nummer sicher zu gehen, hatte er auf Dornröschens Burg auch noch die gläserne Spindel zerbrochen: Er hatte sie gegen die Wand geworfen, und als Tobias dann auftauchte, hatte er behauptet, von einer Bande Einbrecher überwältigt worden zu sein. Das war wirklich eines Doppelnullagenten würdig gewesen. Und nach alldem behandelte ihn die Hexe nun wie einen Dienstboten!

„Lass dir deine Neuigkeiten doch nicht so aus der Nase ziehen“, drängte ihn die Hexe.

„Also“, sagte Taylor. „Ich bin noch einmal zu Sofias Versteck zurückgekehrt, um nach dem Rechten zu sehen. Zu meiner Überraschung war niemand mehr dort.“

Die Hexe kratzte sich nachdenklich an ihrer hässlichen Warze. „Dann ist dieser Menschenjunge also gar nicht so dumm, wie du behauptet hast. Er muss es geschafft haben, die Blume aufzutreiben, die ich seit Ewigkeiten vergeblich zu bekommen versuche.“

Auch Taylor war klar, dass er Tobias unterschätzt hatte, aber das konnte er natürlich nicht zugeben, denn ein guter Geheimagent macht keine Fehler. Also sagte er: „Glück hat er gehabt, das ist alles.“

Von wegen Glück!, ärgerte sich Tobias, der genau über Taylor saß. Dieser miese kleine Schuft! Wenn hier einer Glück hat, dann ist das er: Wenn ich jetzt ein Adler wäre, würde ich ihm seine verlogenen Augen auskratzen!

„Und? Was schlägst du nun vor?“, fragte die Hexe.

Taylor schien kurz nachzudenken. Dann sagte er: „Ich mach mich auf die Suche nach Tobias und seinen Freunden. Ich biete ihnen wieder meine Hilfe an. Nur so kann ich herausfinden, was sie vorhaben.“

„Gut. Aber wenn du versagst, kannst du dich auf etwas gefasst machen!“

Taylor gefror bei diesen Worten das Blut in den Adern. Aber er nahm sich zusammen, hob das Kinn an und sagte so ruhig, wie er nur konnte: „Dieser Auftrag ist ein Kinderspiel für mich. Ich habe sieben auf einen Streich erschlagen. Ich habe auch zwei Riesen getötet, ein Einhorn besiegt und ein Wildschwein gefangen. Da werde ich doch wohl noch mit einem dummen kleinen Menschenjungen fertig werden!“

Sprach's und verließ den Raum.

„So ein Großmaul“, sagte Gilbert verächtlich, kaum dass die Tür ins Schloss gefallen war. „Ich kann diesen Kerl einfach nicht ausstehen!“

„Ich auch nicht“, pflichtete ihm die Hexe bei. „Aber wir brauchen ihn nun einmal. Es wird Zeit, dass ich diesen Tobias in die Finger bekomme. Er hat uns lange genug auf der Nase herumgetanzt. Er weiß zu viel!“

„Was hast du mit ihm vor?“

Die Hexe drehte sich zum Kronleuchter und zeigte mit ihrem knochigen Finger auf Tobias, der vor lauter Schreck beinahe das Gleichgewicht verloren hätte. „Genau das, was du mit diesem Vogel gemacht hättest, wenn er dir nicht entwischt wäre.“

Tobias schnürte es vor Angst beinahe den Hals zu. Er spürte, dass sein Herz wild unter seinem Federkleid pochte.

Nichts wie weg!, dachte er und flog eilig aus dem Fenster.

Tobias kannte Rufus und Rocco bisher nur vom Hörensagen. Als er aber die beiden stark behaarten Hünen auf der

Burgmauer stehen sah, hatte er keinen Zweifel, wen er vor sich hatte. In einem Respektabstand von mehreren Metern ließ er sich auf der Mauer nieder. Er konnte dennoch jedes Wort, das die beiden Brüder miteinander wechselten, deutlich verstehen.

„Ich bleibe dabei: Die Hexe muss weg!“, sagte der Jüngere der beiden forsch.

„Ich weiß nicht, Rufus“, antwortete sein grauhaariger Bruder. „Immerhin hat sie uns damals das Leben gerettet.“

„Rocco! Du wirst doch nicht sanftmütig werden auf deine alten Tage. Oder hast du vergessen, dass du sogar unsere eigene Großmutter verprügelt hast, nur weil sie bei irgendeinem Fußballspiel versehentlich den Stecker des Fernsehers aus der Steckdose gezogen hat? Und jetzt kriegst du plötzlich Gewissensbisse?“

„Also bitte! Das war damals nicht irgendein Fußballspiel, sondern das Cupfinale FC Werwolf gegen Bernhardiner Kickers! Und versehentlich hat Oma das schon gar nicht gemacht: Sie wollte unbedingt Staub saugen und hat sich einen Dreck darum gekümmert, dass ich fernsehen wollte. Selber schuld!“

Rocco wusste natürlich, dass er damals zu heftig reagiert hatte. Außerdem hatte er Großmutter sehr gern gehabt. Sie hatte ihnen immer alles erlaubt, was bei ihren strengen Eltern nie durchgegangen wäre. Ihr Vater hatte ihnen zum Beispiel immer verboten, zwischen dem Mittagessen und dem Abendessen zu naschen. Doch wenn sie bei Großmutter waren, war dieses Verbot außer Kraft gesetzt.

„Schaut, was ich hier habe", hatte sie immer gesagt, „einen kleinen Happen für zwischendurch!" Und schon lag ein Kaninchen auf dem Küchentisch oder ein Hühnchen oder zumindest eine Ente. Schön roh, wie sie's gerne mochten.

„Was machen wir nun mit der Hexe?", drängte Rufus. „Vergiss nicht: Jetzt, wo sie uns nicht mehr braucht, ist sie eine Gefahr für uns. Abgesehen davon ist die Warze auf ihrer Nase einfach widerlich!"

„Meinetwegen", seufzte Rocco, „dann beseitigen wir sie eben." Und nach einer kurzen Pause fügte er hinzu: „Du hast schon Recht: Es ist eine Zumutung, sich diese Warze jeden Tag ansehen zu müssen."

„Gut, dass das geklärt ist", knurrte Rufus zufrieden. „Und vergiss nicht, dass die Hexe nur der Anfang sein kann. Wir dürfen uns auf unseren Lorbeeren nicht ausruhen: Wir müssen jeden aus dem Weg schaffen, der uns gefährlich werden könnte. Im Augenblick ist es ruhig im Lande, weil jeder Angst vor uns hat. Aber irgendwann kommt der Tag, an dem sich die Grimmhausener die hohen Steuern und die vielen Vorschriften nicht mehr gefallen lassen werden."

Rocco klopfte seinem Bruder anerkennend auf die Schulter. „Gut gesprochen, Rufus! Unsere Mutter wäre stolz auf dich gewesen, wenn sie das gehört hätte. Wir müssen auf der Hut sein. Aber zum Glück haben wir jetzt ja das Buch. Wenn wir es gründlich lesen, dann wissen wir ganz genau, vor wem wir uns in Acht nehmen müssen."

„Du meinst, wen wir ins Gefängnis stecken müssen!", lachte Rufus. „Aber lass uns zuerst zu Sofia gehen. Ich kann es kaum erwarten, ihr hübsches Gesicht zu sehen, wenn sie erfährt, was ich mit ihr vorhabe."

Unter höhnischem Gelächter machten sich die beiden Brüder auf den Weg. Es bestand kein Zweifel mehr daran, dass sie nun wieder ein Herz und eine Seele waren.

Tobias folgte ihnen vorsichtig. Unter keinen Umständen durfte er nun auffallen. Er war erleichtert, dass Sofia noch am Leben war. Aber was hatte Rufus mit ihr vor? Was konnte das nur für eine Nachricht sein, die ihr die Wolfsbrüder überbringen wollten?

Rufus und Rocco stiegen eine enge Steintreppe hinab und betraten den Innenhof, der von seltsamen Gestalten bevölkert war. Ein kräftiger Mann prügelte gerade mit einem Stock auf einen Greis ein, der die Arme schützend über den Kopf hielt und laut jammerte.

„Was ist denn hier schon wieder los?", brüllte Rufus.

„Dieser Feigling erhebt die Hand gegen einen wehrlosen alten Mann", jammerte der Greis. „Eine Schande ist das!"

„Von wegen alt und wehrlos! Dieser alte Gauner hat mir mein wohlverdientes Geld gestohlen, während ich geschlafen habe!"

„Wohlverdient? Dass ich nicht lache! Glaubst du, ich weiß nicht, dass dein Geld aus einem Überfall stammt? Was soll daran falsch sein, jemandem etwas wegzunehmen, das ihm gar nicht gehört?"

Eine buckelige Frau, die den Streit mitangehört hatte, mischte sich ein: „Pfui! Ihr würdet für Geld wohl eure Seele verkaufen!"

„Das musst gerade du sagen“, höhnte der Greis. „Glaubst du, ich habe nicht bemerkt, was du mit dem Bier machst, das du hier ausschenkst? Du streckst es mit Wasser, damit dein Gewinn höher ist!“

„Jetzt ist aber Schluss!“ Rufus fletschte seine scharfen Zähne. „Ich bezahle euch nicht dafür, dass ihr euch gegenseitig an die Gurgel geht.“

„Bei allem Respekt“, meldete sich die Bucklige vorsichtig zu Wort.

„Wo bleibt eigentlich das Geld, das ihr uns versprochen habt?“

Rocco hielt Rufus, der sich sofort auf die vorlaute Frau stürzen wollte, am Ärmel zurück.

„Habt noch ein bisschen Geduld“, sagte er. „Morgen werden wir die Steuern auf das Zehnfache erhöhen. Die Grimmhausener werden kaum noch etwas zu essen haben, aber ihr werdet in Gold schwimmen.“

Unter großem Jubel schritten die Wolfsbrüder auf das Tor zu, das den Innenhof mit dem Kerker verband. Kurz bevor sie es erreicht hatten, wurde es plötzlich von innen aufgestoßen. Zwei bis auf die Knochen abgemagerte, weißhaarige Gestalten liefen laut schreiend auf den Hof. Unmittelbar vor den Wolfsbrüdern stürzten sie völlig entkräftet zu Boden, wo sie leise wimmernd liegen blieben.

Rufus trat mit dem Fuß nach einem der beiden Männer. „Was hattet ihr da drinnen zu suchen?“, rief er zornig. „Hatten wir nicht ausdrücklich befohlen, dass niemand außer uns den Kerker betreten darf?“

„Wir wollten einen Blick auf Königin Sofia werfen, um zu sehen, ob sie wirklich so schön ist, wie man sagt."

„Und?", herrschte ihn Rufus an.

„Wir sind gar nicht bis zu ihr durchgekommen", weinte der Mann. „Es war schrecklich!" Er verbarg das Gesicht in seinen Händen.

Rocco wandte sich den Neugierigen zu, die mittlerweile einen Halbkreis um sie gebildet hatten.

„Ihr habt es mit eigenen Augen gesehen", sagte er. „Wer es wagt, dieses Gebäude zu betreten, wird um Jahre gealtert wieder herauskommen. Im Kerker wimmelt es nämlich von Geistern. Wann immer sich jemand in ihre Nähe wagt, schreien und kreischen sie aus Leibeskräften. Ihr Geschrei ist so furchtbar, dass jeder, der es zu hören bekommt, in Sekundenschnelle altert."

Nun übernahm Rufus wieder das Kommando: „Also: Hände weg von dieser Tür, wenn euch etwas an eurem Leben liegt!"

Bei diesen Worten öffnete er sie schwungvoll und die beiden Wolfsbrüder traten ins Dunkel. Tobias schaffte es in letzter Sekunde, ihnen zu folgen, ehe die schwere Tür ins Schloss donnerte. Sofort setzte ein schrilles Geheule ein, wie es Tobias noch nie zuvor gehört hatte. Er hätte sich gerne die Ohren zugehalten, doch mit seinen Flügeln vermochte er nichts auszurichten.

Da hallte ein wütendes Gebrüll durch die Dunkelheit. Rufus stand in der Mitte des Raumes und zeigte sein gewaltiges Gebiss. Speichel tropfte von seinen scharfen Schneidezähnen zu Boden. Es wurde totenstill. Tobias verbarg sich erschöpft in einer Mauernische: Lange hätte er diesen Lärm wohl nicht mehr ausgehalten.

„So ist's schon besser", sagte Rufus, doch er war noch immer so aufgeregt, dass sein Fell zu Berge stand, als hätte er in eine Steckdose gegriffen.

„Du hast uns gar nichts zu sagen", sagte ein vorlautes Gespenst. Es wagte es allerdings nicht, Rufus zu nahe zu kommen. „Vergiss nicht, dass wir Geister sind. Du kannst uns gar nichts anhaben!"

Rufus funkelte böse in die Richtung, aus der die Stimme gekommen war. „Jetzt noch nicht", sagte er. „Aber wenn ich einmal tot bin, werde ich hier bei euch landen. Und dann möchte ich nicht in deiner Haut stecken!"

Nachdem seine Worte verhallt waren, blieb es gespenstisch ruhig. Langsam gingen Rufus und Rocco auf den hinteren Ausgang des Raumes zu. Tobias, der noch immer reglos in seiner Nische kauerte, hörte, wie zwei Gespenster in seiner unmittelbaren Nähe zueinander sprachen.

„So ein Widerling", sagte das eine.

„Das kannst du laut sagen!", meinte das andere.

„Bloß nicht! Oder willst du, dass uns sein Geist bis ans Ende aller Tage verfolgt?"

Das andere Gespenst begann bitterlich zu weinen. „Das ist doch kein Leben hier. Nette Menschen trauen sich nicht zu uns herein, weil wir ihnen eine Heidenangst einjagen. Und die Bösen drohen uns damit, dass sie uns fertig machen, wenn sie eines Tages selbst zu uns gehören. Wo bleibt da für uns der Spaß?"

„Vielleicht ist das die Strafe dafür, dass wir in unserem wirklichen Leben nur Unsinn gemacht haben. Jetzt sind wir einsam und allein."

Das Schluchzen der Gespenster lenkte Tobias so ab, dass er um ein Haar übersehen hätte, dass Rufus und Rocco bereits den Ausgang erreicht hatten. Er folgte ihnen, so schnell er konnte, da er nicht die geringste Lust darauf hatte, mit den Geistern allein zurückzubleiben.

Als er aber durch die Tür in den nächsten Raum flog, fragte er sich, ob es nicht besser gewesen wäre, bei den Gespenstern zu bleiben: Wohin er auch sah, räkelten sich riesige, schwarze Hunde.

Tobias stieg Schweiß auf die Stirne, als er ihre unruhigen Augen sah und ihr kräftigen Gebisse. Und was noch schlimmer war: Je länger er sich im Raum befand, desto unruhiger wurden die Tiere. Immer mehr Augenpaare richteten sich auf ihn. Ein Hund nach dem anderen erhob sich und bewegte sich zähnefletschend in seine Richtung. Als einer der Größten von ihnen zu bellen begann, stimmten nach und nach auch die anderen in das wilde Gekläffe ein. Tobias schlug heftig mit seinen kleinen Flügeln, um möglichst nah an der Kerkerdecke zu bleiben. Nicht auszudenken, was mit ihm geschehen würde, wenn er in die Reichweite dieser Bestien käme!

Rocco versuchte die aufgebrachten Tiere zu beruhigen: „Seit wann bringt euch denn ein harmloser kleiner Vogel so in Rage?"

„Wer weiß, vielleicht ist dieser Vogel ja gar nicht so harmlos, wie er aussieht", meinte Rufus misstrauisch.

„Sei nicht albern!“, lachte Rocco. „Wir müssen höchstens aufpassen, dass er uns nicht mit Vogeldreck bombardiert.“

Die beiden Brüder brachen in schallendes Gelächter aus. Rocco wischte sich mit seiner pelzigen Hand die Tränen aus den Augen und sagte: „Wundern würde es mich ja nicht, wenn unsere Gegner auf die Hilfe von kleinen Vögeln angewiesen wären. War das nicht ein trauriger Anblick, als wir Sofia entführt haben? Ein paar Zwerge, ein alter Mann und ein freches kleines Mädchen. Bei so wenig Gegenwehr macht es fast keinen Spaß zu regieren!“

„Erinnere mich nicht an die kleine Göre“, sagte Rufus, dem das Lachen im Gesicht eingefroren war. „Sie war schließlich der Grund dafür, dass ich mit einem Bauch voll Steine im Brunnen gelandet bin!“

„Vergiss die Kleine. Über wen wir uns aber Gedanken machen sollten, das ist der kleine Menschenjunge, von dem 007 berichtet hat.“

„Ach komm, was soll uns dieser Knirps schon anhaben?“

Rocco schüttelte den Kopf. „Wir dürfen ihn nicht unterschätzen. So, wie es aussieht, hat auch er das Buch gelesen. Er kennt uns also besser als wir ihn!“

„Selbst das Buch wird ihm nicht dabei helfen, an unseren Männern im Innenhof vorbeizukommen. Und an den Gespenstern. An unseren Hunden. Dann sind da noch wir beide. Selbst wenn er meine Gedanken lesen könnte, würde mich das nicht davon abhalten, ihn wie eine Wanze an der Wand zu zerdrücken. Und wenn alle Stricke reißen, ist da immer noch die Hexe, die ihn mit einem einfachen Fingerschnippen in einen Bettvorleger verwandeln kann. Also mach dir keine Sorgen: An Sofia kommt er niemals heran."

Rufus öffnete die schwere Eisentür, die zu Sofias Verließ führte. Obwohl Tobias die Vorstellung, wie eine Wanze zerdrückt zu werden, gar nicht gefiel, flog er ganz dicht hinter den Wolfsbrüdern her. Um nichts auf der Welt durfte er die Gelegenheit verpassen, in Sofias Gefängnis vorzudringen.

Tobias erschrak, als er Sofia wiedersah. Sie war leichenblass und hatte stark gerötete Augen. Sie musste in den letzten Tagen viel geweint haben. Doch sie ließ sich davon nichts anmerken, als Rufus und Rocco in ihr finsteres, kleines Gefängnis traten. Mit hoch erhobenem Haupt stand sie da, als wäre sie noch immer die regierende Königin.

„Was wollt ihr?", fragte sie kühl.

Rufus versuchte vergeblich, seinen Ärger zu verbergen. „Deinen Stolz werde ich dir schon noch austreiben", herrschte er sie an.

„Und was gedenkst du zu tun? Willst du mich etwa schlagen? Oder gar foltern? Ja, das würde zu dir passen!"

„Nein, nichts von alledem", sagte Rufus mit einem bösen Lächeln. „Ich werde dich heiraten!"

Sofia starrte ihn ungläubig an. Damit hatte sie wirklich nicht gerechnet.

„Was wirst du tun?"

„Dich heiraten!" Rufus genoss es sichtlich, die stets beherrschte Sofia aus der Fassung gebracht zu haben. „Und du wirst mir ein Dutzend Wolfssöhne gebären."

„Niemals!"

„Wenn du mich heiratest, dürfen die Grimmhausener ihre Häuser wieder bunt anstreichen“, gab sich Rufus plötzlich sanftmütig.

„Und wenn nicht?“

„Dann verspeise ich alle kleinen Kinder zum Nachtisch!“

„Du Monster!“, schrie Sofia und die Tränen liefen ihr über die Wangen. Sie vergrub ihr Gesicht in den Händen und schluchzte hemmungslos. „Warum tust du mir das an?“, fragte sie mit tränenerstickter Stimme. „Du liebst mich doch gar nicht.“

„Liebe!“, rief Rufus lachend. „Du lebst wirklich in einer Märchenwelt! Glaubst du vielleicht, eines Tages kommt ein Prinz auf einem weißen Pferd und trägt dich auf Händen in sein Schloss?“

Auch Rocco grinste über das ganze Gesicht. „Und wenn sie nicht gestorben sind, dann leben sie noch heute“, höhnte er.

„Worum geht es dir dann, wenn nicht um Liebe?“, fragte Sofia.

„Um Macht natürlich!“

„Macht? Aber du hast doch schon alle Macht der Welt!“

Rufus schüttelte den Kopf. „Heute schon. Aber was ist mit morgen? Du kennst doch den Orakelspruch, wonach nur du die rechtmäßige Herrscherin über Grimmhausen bist. Wer sagt mir, dass sich das Orakel nicht eines Tages doch noch erfüllt? Nur mit dir an meiner Seite ist mir die Macht sicher.“

„Wer ein Leben lang Böses sät, wird auch Böses ernten“, sagte Sofia leise.

Doch Rufus blieb hart. „Morgen wird geheiratet. Und wenn du dich auf den Kopf stellst!“

„Morgen?“, entfuhr es Sofia. „Wieso denn schon morgen?“

„Morgen ist Vollmond“, antwortete Rocco. „Und Wölfe heiraten nun einmal bei Vollmond.“

„Du hast noch genug Zeit, um dich für mich schön zu machen“, grinste Rufus und wischte sich mit der Pfote den Speichel von den Lippen. „Und nun freu dich doch: Der Hochzeitstag ist der schönste Tag im Leben einer Frau!“

DER GOLDESEL

Schon morgen! Tobias flatterte aufgeregt hoch, verließ das Schloss durch eine winzige Öffnung in der Steinmauer und nahm Kurs auf Ashleys Haus. Wie um Himmels willen sollte er Sofia so schnell befreien?

Aber er hatte noch ein anderes Problem: Seit ihn der Kater Gilbert im Turmzimmer angegriffen hatte, lösten sich in regelmäßigen Abständen Federn aus seinem Kostüm. Anfangs hatte ihn das noch nicht beunruhigt, aber nun musste er feststellen, dass er kaum noch geradeaus fliegen konnte. Als er auch noch ins Trudeln kam wie ein kaputter Federball, beschloss er, sich knapp über dem Boden zu halten. So würde er sich nicht zu schwer verletzen, falls er abstürzen sollte.

Irgendwie schaffte er es dann aber doch noch, sich über Ashleys Gartenzaun zu retten und zur Landung auf dem ungemähten Rasen anzusetzen. Aber seine Flügel waren schon zu zerzaust, um damit noch bremsen zu können! Tobias sah, wie der Boden näher und näher kam. Er schloss die Augen und schlug hart auf. Immer wieder überschlug er sich, bis ein Rosenstrauch seiner Bruchlandung ein abruptes Ende setzte.

„Autsch!“, rief er, als er im dornigen Gestrüpp zu liegen

kam. Ächzend kroch er aus dem Strauch heraus und sah sich nach allen Seiten um.

Hoffentlich gibt's hier keine Katzen, dachte er. Aber alles blieb still. Bis auf ein leises Schnarchen, das durch das gekippte Fenster aus dem Haus drang.

Onkel Charles!, dachte Tobias erleichtert.

Er blickte an sich hinab: Er sah aus wie ein gerupftes Huhn! Die wenigen Federn, die ihm noch verblieben waren, standen wirr in alle Richtungen ab, als wäre er in einen laufenden Ventilator geraten.

Nichts wie raus aus diesem Kostüm!, dachte er und nestelte ungeduldig mit dem Schnabel an seinem rechten Flügel herum. Endlich gelang es ihm, das Federkleid so weit aufzureißen, dass er seine Hand freibekam. Danach war es ein Kinderspiel, sich von der kleinen Zwangsjacke zu befreien. Endlich stand er wieder in voller Größe auf dem Rasen. Als er zur Haustür humpelte, spürte er jeden Knochen in seinem Körper. Er holte mit der Faust aus, um anzuklopfen. In diesem Augenblick wurde die Tür von innen geöffnet.

„Matthias!", rief Tante Ashley erfreut. „Du bist es! Ich habe mir doch gedacht, dass ich etwas gehört habe. Komm doch herein!"

Diesmal schlief Onkel Charles nicht beim Tisch, sondern auf dem Sofa. Tante Ashley warf mit einem Zierpolster nach ihm. „Wach auf, Charles! Matthias ist hier!"

Charles erwachte und rieb sich mit den Fingerknöcheln seine stark geröteten Augen. Mit belegter Stimme sagte er: „Das ist nicht Matthias, sondern Tobias. Merk dir das doch endlich!" Er setzte sich auf und lud Tobias mit einer beiläufigen Geste ein, sich neben ihn zu setzen. Tobias nahm zögernd Platz.

„Hat Roxana eine Nachricht für mich hinterlassen?"

Tobias wusste nicht so recht, wen er dabei ansehen sollte: die vergessliche Tante Ashley oder den stets betrunkenen Onkel Charles. Vielleicht war es doch keine gute Idee gewesen, sich auf dieses seltsame Paar zu verlassen. Und tatsächlich: Statt zu antworten, kratzte sich Tante Ashley nur nachdenklich auf dem Kopf.

„Hmm", brummte sie schließlich. „Jetzt, wo du es sagst: Roxana war noch einmal kurz hier und hat mich gebeten, dir einen Zettel zu geben. Aber wo habe ich den nur hingelegt?"

„Bitte!", drängte Tobias. „Es ist sehr wichtig. Und ich habe nicht viel Zeit."

„Keine Panik, mein Junge", sagte Onkel Charles und zog ein zusammengefaltetes Blatt Papier aus der Brusttasche seines zerknitterten Hemdes. „Ich habe Roxanas Nachricht."

„Aber Charles!", sagte Tante Ashley vorwurfsvoll. „Jemand wie du sollte keine wichtigen Sachen an sich nehmen. Auf dich ist doch kein Verlass!"

„Da redet die Richtige! Du hast die Nachricht in deiner Zerstreutheit in den Mülleimer geworfen. Da habe ich sie wieder herausgeholt und vor dir in Sicherheit gebracht."

„Hauptsache, sie ist wieder da", versuchte Tobias den aufkeimenden Streit zu beenden. Ungeduldig entfaltete er den Zettel und betrachtete den kleinen Plan, den Roxana für ihn gezeichnet hatte. „Aber das ist doch ganz in der Nähe, oder?", fragte er und hielt Onkel Charles den Plan vor die Nase.

„Stimmt. Keine fünf Minuten von hier. Du gehst zunächst immer geradeaus, bis du zu einem Gasthaus kommst. Es heißt ‚Zum Goldesel'. Dort biegst du links ab und dann sind es nur noch ein paar Meter."

„Wenn es um Gasthäuser geht, kannst du dich ausnahmsweise auf Charles verlassen", sagte Tante Ashley bitter. „Er verbringt dort ja die meiste Zeit. Nach Hause kommt er nur, um seinen Rausch auszuschlafen."

Tobias nahm den Plan wieder an sich und stand auf.

„Vielen Dank!", sagte er artig und wollte die Wohnung verlassen.

„Halt, halt, nicht so eilig!" Onkel Charles trank ein großes Glas Wasser in einem Zug aus, ehe er Tobias fragte, was er denn nun vorhabe.

Tobias war sich nicht sicher, ob es klug war, einem Mann, der den ganzen Tag im Gasthaus verbrachte, wichtige Geheimnisse anzuvertrauen. Aber es wäre wohl sehr unhöflich gewesen, gar nichts zu sagen.

„Sofia wird tatsächlich in ihrem Schloss gefangen gehalten", sagte er. „Ich muss sie so schnell wie möglich befreien."

„Und wie willst du das anstellen?", fragte Onkel Charles ernst.

„Ich hatte noch gar keine Zeit, darüber nachzudenken", gab Tobias zu. „Aber zuerst muss ich einmal meine Freunde wiederfinden."

Onkel Charles erhob sich und streckte Tobias die Hand hin. „Dann wollen wir dich nicht länger aufhalten. Aber falls ich euch irgendwie helfen kann, sag mir Bescheid."

„Hör gar nicht auf ihn, Matthias“, mischte sich Tante Ashley ein. „Ich wüsste nicht, womit euch der alte Trunkenbold helfen könnte.“

„Trotzdem danke“, sagte Tobias zu Onkel Charles, aber er vermied es, ihm dabei in die Augen zu sehen. Er eilte aus dem Haus und machte sich auf den Weg zum neuen Versteck seiner Freunde.

Es war, wie Onkel Charles es beschrieben hatte: Das Versteck befand sich nur einen Steinwurf vom Gasthof „Zum Goldesel“ entfernt. Zu seinem Erstaunen stellte Tobias fest, dass sich seine Freunde ausgerechnet in einer Schule versteckt hielten. War es nicht unvorsichtig, sich so einen belebten Ort auszusuchen? Doch dann fiel ihm auf, dass kein einziger Laut aus dem großen Gebäude drang. Man hörte kein Schreien und kein Streiten. Nicht einmal Papierflieger flogen aus den Fenstern, wie Tobias es von seiner eigenen Schule her gewohnt war.

Sind die Kinder von Grimmhausen wirklich so langweilig?, wunderte er sich. Oder waren etwa Schulferien?

Tobias versuchte die Türklinke des Schultores herunterzudrücken, aber das Tor war fest versperrt. Er drückte auf eine leicht verrostete Klingel. Alles blieb still. Er klingelte ein zweites Mal. Wieder vergeblich. Also läutete er Sturm. Das schrille Dauerläuten hätte selbst einen Toten zum Leben erweckt. Doch niemand kam, um ihm die Tür aufzumachen. Wo steckten sie nur? Hatte Roxana einen falschen Plan gezeichnet? Oder war seinen Freunden erneut etwas zugestoßen?

Verunsichert wandte er sich vom Tor ab und schlich um das

Schulhaus herum. Es musste doch noch eine andere Möglichkeit geben, in dieses Gebäude zu gelangen! Aber er fand keine Hintertür, ja nicht einmal ein geöffnetes Fenster, durch das er hätte einsteigen können.

Er hatte die Hoffnung schon fast aufgegeben, als er endlich eine Feuerleiter entdeckte. Nur mit Mühe konnte er ihre unterste Sprosse erreichen, aber nun machte es sich bezahlt, dass er der Klassenbeste im Turnunterricht war. Flink wie ein Eichhörnchen hangelte er sich an der Leiter hinauf. Als er die Fenster des ersten Stockwerks erreicht hatte, hämmerte er mit ganzer Kraft gegen die Glasscheiben. Ohne Erfolg: Sie gaben keinen Millimeter nach. Also musste er weiterklettern. Auf der zweiten Etage hatte er mehr Glück: Eines der Fenster in seiner Reichweite war nur angelehnt! Vorsichtig setzte er den linken Fuß auf das Fensterbrett und griff mit einer Hand nach dem Fensterrahmen, um sich daran festzuhalten. Nun zog er das rechte Bein nach und stieß das Fenster ganz auf. Als er glaubte, sicher zu stehen, löste er auch die andere Hand von der Feuerleiter. In diesem Augenblick zog es ihm die Beine weg, als wäre er auf einer Bananenschale ausgerutscht. Hart schlug er mit seinem Hinterteil auf dem regennassen Fensterbrett auf, dann stürzte er in einen kleinen, dunklen Raum. Zum Glück federte ein Bücherstapel seinen Sturz ab. Stöhnend rappelte er sich auf und massierte sich sein schmerzendes Gesäß. Als er sicher war, dass er sich nichts gebrochen hatte, griff er wahllos nach einem der Bücher und hielt es gegen das Licht.

Das darf doch nicht wahr sein!, dachte er. Angewidert warf er das Buch in die Ecke. Ich bin im Märchenland, treffe Schneewittchen und Rotkäppchen, schlage mich mit bösen Wölfen und Hexen herum, und was finde ich hier? Ein Mathebuch! Gibt es denn wirklich keinen Ort, an dem man davor sicher ist?

Kopfschüttelnd verließ er den Raum und trat auf einen langen Gang. Auf beiden Seiten sah er mehrere verschlossene Türen. Er zögerte nicht lange und betrat das erste Klassenzimmer. Nichts. Auch hinter der zweiten, dritten und vierten Tür fand er nur gähnende Leere vor. Umso mehr erschrak er, als er die letzte Tür aufstieß.

„Nein! Nicht schon wieder!“

Tobias sah Konrad, der regungslos auf dem Lehrersessel saß. Seine Augen waren geschlossen und sein bärtiges Kinn ruhte auf der Brust. Nicht weit von ihm entfernt lag Roxana auf dem Boden. Auch die vier Zwerge lagen kreuz und quer auf den Schulbänken und bewegten sich nicht.

Tränen der Verzweiflung schossen ihm in die Augen. Was war denn nun schon wieder passiert? War die Hexe nochmals hier gewesen, als sie noch ihre Zauberkräfte besaß?

Tobias ging auf Konrad zu und schüttelte ihn kräftig mit beiden Armen. „Wach doch auf!“, schrie er verzweifelt.

Plötzlich öffnete Konrad die Augen.

„Sachte, sachte“, murmelte er schlaftrunken. Dann begriff er, wer ihn geweckt hatte. „Tobias! Du bist das! Gott sei Dank ist dir nichts zugestoßen.“

„Mir geht's gut“, antwortete Tobias, „aber was ist mit euch passiert?“

„Mit uns? Gar nichts. Wahrscheinlich sind wir eingeschlafen, als uns Augustin seine neueste Komposition vorspielte.“

„Ihr habt nur geschlafen?“, lachte Tobias erleichtert. „Das gibt’s doch nicht: Sogar Augustin ist bei seiner eigenen Musik eingeschlafen!“

Und tatsächlich: Augustin lag leise schnarchend auf dem Rücken. Seine Hände lagen auf seiner Brust und hielten die Flöte fest umschlossen.

„Tut mir Leid, wenn wir dich erschreckt haben“, sagte Konrad. „Wir dürfen ihm wirklich nicht mehr erlauben, in unserer Gegenwart zu musizieren!“

Als Augustin von Tobias aus seinem Schlaf gerüttelt wurde, fragte er sofort: „Na, wie hat euch mein Lied gefallen?“

Der hat Nerven!, dachte Tobias.

Mittlerweile waren auch Roxana, der starke Valentin, der schöne Balduin und der kluge Seraphin wieder aufgewacht. Seraphin, der sich genussvoll streckte, sagte zu Tobias: „Und, wie findest du unser neues Versteck?“

„Nicht schlecht“, lobte Tobias, der erriet, dass die Wahl des Verstecks auf Seraphins Konto gegangen war. „Sind gerade Schulferien?“

„Nein“, sagte Seraphin. „Die Schule wurde geschlossen, so wie die meisten Schulen. Die Anordnung dazu kam natürlich von Rufus und Rocco.“

„Aber wieso denn?“, fragte Tobias, der den Gedanken an geschlossene Schulen gar nicht so schlecht fand. „Was haben die Wolfsbrüder denn davon, wenn niemand mehr in die Schule geht?“

Konrad mischte sich ein: „Wissen ist Macht. Wer nichts lernt und daher nichts weiß, der kann auch nicht die richtigen

Fragen stellen. Und genau das wollen Rufus und Rocco: ahnungslose Untertanen, die gar nicht begreifen, dass sie unter unwürdigen Bedingungen leben."

„Nur einige Auserwählte dürfen weiterhin zur Schule gehen", sagte Seraphin. „Damit die Wolfsbrüder immer Verbündete haben, mit deren Hilfe sie das restliche Volk unterdrücken können."

„Wer sind diese Auserwählten?", fragte Tobias.

„Wolfsblut", erklärte Seraphin. „Jeder, der Wolfsblut in sich hat, ist jetzt etwas Besonderes. Ganz egal, ob er ein echter Wolf ist, ein Wolfshund oder ein Wolfsmensch."

Konrad fand, dass es Zeit war, Seraphins Redeschwall zu unterbrechen. „Du siehst also, Tobias, wir sind hier in Sicherheit. Niemand weiß von diesem Versteck."

„Außer Taylor natürlich", sagte Roxana beiläufig.

„Taylor?!" Tobias starrte Roxana mit großen Augen an.

„Ich habe ihm gesagt, wo er uns finden kann. Er müsste jeden Moment hier sein. Warum fragst du?"

„Weil er ein Spitzel ist!", sprudelte Tobias heraus. „Er war es, der Sofia verraten hat."

„So ein Schuft!", empörte sich Valentin.

„Ein gemeiner Kerl!", rief Augustin.

„Ein Schurke!", sagte Balduin.

„Ein Widerling!", meinte auch Seraphin.

Nachdem sich die erste Aufregung gelegt hatte, berichtete Tobias ausführlich von seinen Abenteuern im Schloss. Dann kehrte Stille ein. Balduin war der Erste, der seine Sprache wieder fand: „Das sieht gar nicht gut für uns aus", sagte er mutlos.

Augustin stimmte ihm blitzartig zu: „Das schaffen wir nie!“

„Wir sind viel zu schwach!“, jammerte ausgerechnet der starke Valentin.

„Und wir sind zu wenige“, setzte der kluge Seraphin nach.

Roxana, die Pessimismus nicht ausstehen konnte, schmetterte eine Schachtel voller Kreidestücke zu Boden, sodass die vier Zwerge von einer weißen Staubwolke eingehüllt wurden.

„Reißt euch gefälligst zusammen!“, rief sie. „Euer Gejammer geht mir auf die Nerven. Wir sollten uns lieber überlegen, wie wir Sofia helfen können, bevor es zu spät ist.“

„Roxana hat völlig Recht“, sagte Konrad mit ruhiger Stimme. „Wir brauchen einen Plan, und zwar so schnell wie möglich.“

„Wenigstens kann uns die Hexe nichts mehr anhaben“, meinte Seraphin.

Tobias zuckte mit den Achseln. „Die Hexe wäre kein Problem gewesen. Wir haben die rote Blume mit der Perle, mit der man sie unschädlich machen kann.“

„Wo ist die Blume eigentlich?“, fragte Roxana. „Ich war noch einmal im alten Versteck, um sie zu holen, aber sie war verschwunden.“

„Ich hab sie jedenfalls nicht“, sagte Tobias und auch Konrad und die vier Zwerge schüttelten ihre Köpfe.

„Hoffentlich taucht sie wieder auf. Ich habe Frau Jorinde und Herrn Joringel versprochen, ihnen die Blume zurückzubringen.“

Roxana, die in Gedanken bereits woanders war, sprach aus,

was alle dachten: „Selbst wenn die Hexe jetzt harmlos ist, haben wir noch immer genug Probleme: Wie sollen wir nur an den Gespenstern vorbeikommen? Und an den Wölfen mit ihren Hunden?“

Tobias lächelte. „Für die habe ich mir schon etwas ausgedacht. Aber die Diebe im Hof machen mir Kopfzerbrechen. Das sind so viele, dass wir eine ganze Armee brauchen, um sie zu überwältigen.“

„Oje“, seufzte Balduin, „das schaffen wir nie!“

Roxana funkelte ihn zornig an. „Wenn wir es nicht mit Gewalt schaffen, müssen wir es eben mit einer List versuchen!“

„Mit einer List?“, fragte Tobias. „Woran denkst du dabei?“

„Ich weiß nicht so recht. Wir müssen irgendeine Schwachstelle finden, die wir ausnützen können.“

„Sie sind dumm und ungebildet!“, sagte der kluge Seraphin wie aus der Pistole geschossen.

„Sie waschen sich fast nie“, rümpfte der schöne Balduin die Nase.

„Sie haben keine Ahnung von Kunst und Musik“, meinte Augustin.

„Sie sind feige und meiden jeden Zweikampf“, sagte der starke Valentin voller Verachtung.

Doch Roxana machte eine abwehrende Handbewegung. „Das meine ich nicht. Wir brauchen eine Schwäche, die wir gegen sie verwenden können.“

Konrad zwirbelte seinen Bart, wie er es immer tat, wenn er nachdachte. „ Sie sind geldgierig. Tobias hat gesagt, dass sie für Geld alles tun würden.“

„Das ist es!“, frohlockte Roxana. „Wir brauchen genug Geld, um sie vom Schloss weglocken zu können. Aber wo bekommen wir das nur her? Wer in Grimmhausen hat so viel Geld?“

Tobias seufzte ratlos, ging zum Fenster und sah hinab auf den Schulhof, auf dem ein paar Ratten gerade Fangen spielten. Wenn es ihm gelänge, Rufus und Rocco zu besiegen, würden hier bald wieder Kinder herumtollen. Die Bewohner von Grimmhausen würden wieder lachen dürfen und das trostlose Schwarz würde überall bunten Farben Platz machen.

Aber wie sollte er es nur schaffen, an den skrupellosen Dieben und Räubern vorbeizukommen? Vielleicht hatte Roxana Recht: Man musste sie mit ihrer Habsucht schlagen. Ihnen so viel Geld vor die Nase halten, dass ihnen die Befehle der Wolfsbrüder egal wären. Aber wo konnte er in so kurzer Zeit so ein Vermögen auftreiben? Sie hatten nur noch wenige Stunden zur Verfügung, bevor es für Sofia zu spät sein würde. Er hatte also keine Zeit mehr, noch einmal über drei Berge zu steigen, um in einem weit entfernten Märchenschloss um Hilfe zu bitten. Es musste rasch gehen.

Plötzlich erhellte sich sein Gesicht. Das war es! Wieso war ihm das nicht früher eingefallen? Schließlich handelte es sich um eines der Lieblingsmärchen seiner Schwester: Tischlein deck dich, Goldesel und Knüppel aus dem Sack. Freudig erregt drehte er sich zu seinen Freunden um.

„Der Goldesel!“, rief er. „Es gibt hier einen Esel, der Gold ausspuckt, wenn man ihn darum bittet. Mit diesem Esel schaffen wir es, die Diebe in eine Falle zu locken. Und ich glaube, ich weiß auch, wo wir ihn finden können.“

Hatte das Gasthaus, an dem er eben erst vorbeigegangen war, nicht ‚Zum Goldesel' geheißen?

In diesem Augenblick hallte ein schrilles Läuten durch das Schulhaus.

„Taylor!", sagte Roxana. „Das muss Taylor sein. Na warte, der kann was erleben. Ich gehe hinunter und mach ihn zur Schnecke!"

„Nein, warte!", hielt Konrad sie zurück. „Wenn du ihn wegschickst, verrät er uns sofort an die Wolfsbrüder. Wir müssen Zeit gewinnen. Am besten, wir tun so, als wüssten wir nicht, dass er ein Spitzel ist."

„Dann muss ihn ein anderer hereinlassen", sagte Roxana. „Denn ich kratze ihm sicher sofort seine verlogenen Augen aus!"

„Ich geh schon", meldete sich Augustin freiwillig.

„Gut, aber verplappere dich bloß nicht", mahnte Konrad.

Wenig später betraten Augustin und Taylor gemeinsam das Klassenzimmer, in dem nun nicht mehr das Einmaleins unterrichtet, sondern der Sturz der Wolfsbrüder vorbereitet wurde.

„Da bin ich wieder!", rief Taylor heiter in die Runde. „Was bin ich froh, dass ihr alle gesund und munter seid."

„Ja", sagte Roxana mit nur schlecht verstecktem Hohn, „wir sind auch froh, dass du wieder hier bist, um uns zu helfen."

Tobias warf Roxana einen vorwurfsvollen Blick zu. Zu Taylor gewandt aber sagte er: „Roxana hat Recht. Wir können deine Hilfe jetzt gut gebrauchen."

Taylor strich sich geschmeichelt über sein kurzes Kinnbärtchen. „Dann sagt schon, was habt ihr nun vor?"

„Wir werden das Schloss stürmen. Wir wissen nun nämlich, dass Sofia dort gefangen gehalten wird.“

„Woher denn?“, fragte Taylor misstrauisch.

Tobias suchte fieberhaft nach einer Erklärung, die Taylor zufrieden stellen würde. Taylor durfte natürlich nicht erfahren, dass er im Schloss gewesen war. Je sicherer sich die Hexe und die Wolfsbrüder fühlten, desto höher standen ihre Chancen, Grimmhausen zurückzuerobern.

„Ich hab ein Gespräch belauscht“, sagte er schließlich. „In einem Gasthaus. Ich glaube, es waren Spitzel der Wolfsbrüder. Dumm genug waren sie dafür jedenfalls! Es stimmt wirklich, was man über die Kerle sagt: Feiglinge, die es im richtigen Leben zu nichts gebracht haben.“

Taylor starrte ihn an. „So, sagt man das?“, fauchte er.

Tobias fragte sich, wie er jemals auf diesen hinterhältigen Verräter hatte hereinfallen können. Doch Taylor hatte sich sehr rasch wieder unter Kontrolle.

„Wie geht's nun weiter?“, fragte er. „Wie soll ich mich auf meinen Einsatz vorbereiten, wenn du mir nicht rechtzeitig sagst, was du von mir erwartest?“

„Die Hexe!“, rief Roxana, die bemerkt hatte, dass Tobias keine Antwort parat hatte. „Wäre das nicht die richtige Aufgabe für Taylor? Uns die Hexe vom Hals zu schaffen?“

„Für mich?“, fragte Taylor. „Warum ausgerechnet für mich?“

„Weil du der Einzige bist, der dieser Aufgabe gewachsen ist“, schmierte ihm Roxana Honig ums Maul. „Du hast doch schließlich sieben auf einen Streich erschlagen.“

„Und zwei Riesen getötet!“, ergänzte Seraphin.

„Und ein Einhorn erlegt!“, sagte Balduin respektvoll.

„Vom Wildschwein ganz zu schweigen!“, sagte auch Valentin.

„Einverstanden“, meinte ein sichtlich zufriedener Taylor. „Ich werde mich um die Hexe kümmern.“

„Fantastisch!“, rief Tobias. Dabei zwinkerte er seinen Freunden spitzbübisch zu.

„Und wann soll es losgehen?“, fragte Taylor.

„Schon heute Abend. Ich muss noch einmal weg, um ein paar Vorbereitungen zu treffen. Danach können wir aufbrechen.“

„Ich komme mit dir“, sagte Roxana und warf sich ihren kleinen Rucksack über die Schulter.

„Ich auch!“, sagte Taylor.

Tobias, der Taylor bei der Suche nach dem Goldesel auf keinen Fall dabeihaben wollte, sah Hilfe suchend zu Konrad. Dieser reagierte sofort: „Mir wäre es lieber, wenn Taylor bei uns bliebe, um uns zu beschützen. Wir können uns jetzt keine Panne mehr erlauben. Wenn Taylor bei uns ist, kann man uns nicht so einfach überwältigen wie beim letzten Mal.“

„Gut“, sagte Taylor. Er wusste, dass es zu auffällig gewesen wäre, Konrad zu widersprechen. Unzufrieden blickte er aus dem Fenster. Wie sollte er die Hexe und die Wolfsbrüder nur vor dem bevorstehenden Angriff warnen, wenn er ständig bei den anderen bleiben musste?

Was soll’s, dachte er. Was können diese Anfänger schon ausrichten. Und wenn es wirklich gefährlich wird, bin immer noch ich da, der sie aufhalten kann.

Aber da war noch etwas, was ihn beschäftigte. Er hatte nicht vergessen, was Tobias über Spitzel gesagt hatte: dass sie Feiglinge seien. 007 auf einen Streich ein Feigling? Das war doch lächerlich! Und trotzdem spürte er, wie sehr es an ihm nagte, dass Tobias abwertend über seinesgleichen gesprochen hatte.

Gut, dass er mit dem Rücken zu Konrad und den Zwergen stand, sodass sie seine Wut nicht sehen konnten.

Tobias und Roxana benötigten nur wenige Minuten, um zum Gasthof ‚Zum Goldesel' zu gelangen.

„Und du glaubst, dass das der Goldesel ist, von dem du in deinem Buch gelesen hast?"

Tobias zuckte mit den Achseln. „Keine Ahnung. Wenn ich mich richtig erinnere, war der Mann, der den Goldesel bekommen hat, kein Wirt, sondern ein Schneider. Aber das werden wir gleich herausfinden."

Sie betraten das Gasthaus, in dem kaum Gäste zu sehen waren. An einem kleinen Tisch neben der Tür bemerkten sie Onkel Charles, der soeben ein Glas Bier bestellt hatte.

„Hallo, ihr beiden!", rief er erfreut aus. „Setzt euch doch zu mir."

„Sind hier immer so wenig Leute?", fragte Tobias.

Onkel Charles schüttelte den Kopf. „Früher war es hier zum Bersten voll. Aber seit die Wolfsbrüder am Ruder sind, sind die Steuern so hoch, dass es sich niemand mehr leisten kann, ins Gasthaus zu gehen."

Roxana war hellhörig geworden. „Das heißt, der Wirt ist nicht gut auf die Wolfsbrüder zu sprechen?"

„Ganz und gar nicht."

„Dann wird er uns sicherlich helfen!", sagte sie, mehr zu Tobias als zu Onkel Charles.

„Helfen? Wobei?", fragte Onkel Charles. „Was wollt ihr denn von ihm?"

Tobias warf Roxana einen fragenden Blick zu. Als sie nickte, flüsterte er: „Wir suchen den Goldesel, nach dem dieses Gasthaus benannt wurde. Wissen Sie etwas darüber?"

„Wer so viel Zeit im Gasthaus verbringt wie ich, der erfährt so manches", lächelte Onkel Charles traurig, da er darauf wirklich nicht stolz war. „Ihr seid hier ganz richtig, wenn ihr den Goldesel sucht. Aber ob ihn der Wirt auch hergeben wird, ist eine andere Frage."

„Auch wenn er uns helfen kann, Königin Sofia zu retten?"

„Auch dann. Der Wirt ist kein guter Mensch. Er hat sogar seine eigenen Söhne verstoßen wegen einer Kleinigkeit: Sie haben angeblich seine Ziege nicht gut gefüttert."

„Was ist aus ihnen geworden?", fragte Roxana.

„Die haben verschiedene Berufe erlernt und dabei so fleißig gearbeitet, dass sie von ihren Lehrmeistern wertvolle Geschenke erhalten haben."

„Den Goldesel, den Knüppel im Sack und ein Tischlein, das sich selbst decken kann", ergänzte Tobias, da Roxana die Geschichte offensichtlich nicht kannte.

„So ist es", bestätigte Onkel Charles. „Und was machen seine Söhne? Statt es sich gut gehen zu lassen, übergeben sie die Geschenke ihrem Vater, obwohl sie von ihm so schlecht behandelt worden sind. Das soll jemand verstehen!"

Er nahm einen kräftigen Schluck Bier und wischte sich den Schaum vom Mund.

„Eines verstehe ich noch immer nicht“, sagte Tobias. „In meinem Buch war der Mann doch ein Schneider!“

Onkel Charles nickte. „Er hat aber bald gemerkt, dass er mit seinem magischen Tischlein viel mehr verdienen kann als mit dem Flicken alter Hosen und Röcke. Ich kann mir auch nicht vorstellen, wie ihr diesen geldgierigen Menschen dazu bringen wollt, euch den Esel zu leihen. Warum sollte er das tun?“

„Wenn er uns schon nicht hilft, weil er ein guter Mensch ist“, sagte Roxana, „dann macht er es vielleicht …“

„… weil er ein gutes Geschäft wittert!“, erriet Onkel Charles ihre Gedanken.

Tobias schüttelte den Kopf. „Er hat doch schon den Goldesel. Er hat es gar nicht nötig, mit seinem Gasthaus Geld zu verdienen.“

„Dass du dich da nicht täuschst!“, antwortete Onkel Charles. „Es gibt Menschen, die können einfach nie genug kriegen. Und der Wirt ist so einer.“

Tobias betrachtete den Wirt, der missmutig hinter der Bar stand. Er schenkte gerade einem Gast ein Glas Wein ein und streckte es wortlos über die Theke. Dann verschränkte er seine Arme und lehnte sich gegen die Wand. Er musterte seine Gäste misstrauisch.

„Reich mag er ja sein“, sagte Tobias schließlich, „aber glücklich ist er bestimmt nicht. Er sieht aus wie der einsamste Mensch auf der Welt.“

Onkel Charles zuckte mit den Achseln. „Das ist der Preis,

den man zahlen muss, wenn man andere Leute sein Leben lang schlecht behandelt."

In diesem Augenblick donnerte der Wirt mit der Faust auf die Theke.

„Du Lump!", rief er.

„Trinkst meinen guten Wein und kannst nicht bezahlen? Mach, dass du hinauskommst. Und lass dich hier nie wieder blicken!"

„Du hast mir gar nichts zu sagen", lallte der Gast, der nicht genug Geld bei sich hatte, um seine Zeche zu bezahlen. „Ich gehe, wenn es mir passt."

„Das werden wir ja sehen", zischte der Wirt und zog einen braunen Jutesack aus der Lade.

„Knüppel aus dem Sack!", befahl er und ein dicker Knüppel tanzte wie von unsichtbarer Hand geführt aus dem Sack hervor. Noch ehe der Zechpreller wusste, wie ihm geschah, sauste der Knüppel immer wieder auf ihn nieder, bis er laut schreiend aus dem Gasthaus lief.

„Ein guter Rausschmeißer!", staunte Tobias.

Da stand der Wirt auch schon vor ihnen. In unfreundlichem Ton herrschte er sie an: „Was ist? Wollt ihr etwas zu essen bestellen oder seid ihr nur gekommen, um zu gaffen?"

„Wo denkst du hin!", sagte Onkel Charles. „Bring uns das Beste, was deine Küche zu bieten hat."

Der Wirt drehte sich zu einem zierlichen Tisch um, der mitten im Raum stand.

„Tischlein deck dich!"

Im Nu war der Tisch voller Köstlichkeiten, die der Wirt

ihnen rasch servierte. Als er wieder zur Theke zurückkehren wollte, hielt ihn Onkel Charles am Ärmel fest.

„Bleib doch einen Augenblick hier und iss etwas mit uns“, sagte er. „Meine jungen Freunde möchten dir ein Angebot machen.“

Der Wirt nahm widerwillig Platz.

„Was wollt ihr denn? Ich muss mich auch um meine anderen Gäste kümmern.“

Tobias sah ihn prüfend an. Was, wenn er ebenfalls ein Spitzel war? Geldgierig wie er war, würde er sie bestimmt für eine anständige Belohnung verraten. Aber hatten sie eine andere Wahl? Die Zeit lief ihnen davon, wenn sie die Hochzeit von Rufus und Sofia verhindern wollten. Und dafür brauchten sie nun einmal den Goldesel.

Also kam er gleich zur Sache. „Wir möchten uns deinen Goldesel für einen Tag ausborgen.“

„Ha!“, lachte der Wirt heiser auf. „Wer möchte das nicht! Kannst du mir sagen, warum ich das tun sollte?“

„Damit morgen wieder Königin Sofia über dieses Land regiert und Ihr Gasthaus wieder voller Gäste ist. Ihren Esel brauchen wir, um die Wolfsbrüder zu überlisten.“

Der Wirt blickte ihn misstrauisch an. „Wer sagt mir, dass ihr nicht mit ihnen unter einer Decke steckt?“

„Ich verbürge mich für die beiden“, sagte Onkel Charles, der sich sicher zu sein schien, dass sein Wort in diesem Gasthaus etwas zählte.

Der Wirt rutschte auf seinem Sessel herum, als säße er auf heißen Kohlen.

„Vergesst es“, sagte er. „Das ist mir zu riskant.“

Da warf Tobias seinen nächsten Köder aus. „Wenn Sie uns helfen, werden wir Königin Sofia bitten, Sie zu ihrem Hoflieferanten zu ernennen. Damit werden Sie bei jedem Schlossfest ein Riesengeschäft machen!“

Als Tobias die Gier in den Augen des Wirtes aufblitzen sah, hoffte er, dass er gewonnen hatte.

Doch das Gesicht des Wirtes verdunkelte sich rasch wieder.

„Wenn etwas schief geht, bin ich meinen Goldesel für immer los. Ich wäre doch dumm, wenn ich das Wertvollste, was ich besitze, aufs Spiel setze, nur um ein bisschen mehr Geschäft zu machen.“

Er stand auf und ging kopfschüttelnd zur Bar.

„Das ist aber schade!“, rief ihm Tobias nach. „Ganz Grimmhausen würde Sie als Helden feiern.“

Der Wirt hielt für einen Augenblick inne, dann setzte er seinen Weg fort.

Tobias und Roxana wechselten ratlose Blicke. Was sollten sie nur tun, um den störrischen Wirt umzustimmen?

Da erhob sich Onkel Charles und sagte mit ruhiger Stimme: „Stell dir doch einmal vor, wie stolz deine Söhne auf dich wären!“

Der Wirt drehte sich um und sah sie lange an, ohne ein Wort zu sagen. Dann kam er zu ihrem Tisch zurück.

„Meinetwegen. Aber wehe, euer Plan misslingt. Dann möchte ich nicht in eurer Haut stecken!“

Tobias konnte sich vor Aufregung kaum auf der Bank

halten. Gleichzeitig ahnte er, dass er noch mehr herausholen konnte.

„Wenn Sie sicher sein wollen, dass wir Erfolg haben, dann müssen Sie uns auch Ihren Knüppel im Sack borgen.“

Der Wirt ließ sich laut keuchend auf einen Sessel fallen.

„Sei’s drum“, gab er jeden Widerstand auf. „Wenn mein Goldesel weg ist, brauche ich auch keinen Knüppel mehr, um mein Geld zu verteidigen.“

Als sich Tobias und Roxana wenig später auf den Rückweg zur Schule machten, den Goldesel an der Hand und den Sack über der Schulter, hörten sie hinter sich die Stimme von Onkel Charles, den sie in der Aufregung ganz vergessen hatten.

„Wartet!“, schnaufte er. „Ich lasse mich nicht noch einmal von euch abwimmeln. Ich will dabei sein, wenn ihr Königin Sofia befreit. Ich möchte endlich wieder einmal etwas Sinnvolles tun.“

„Kein Problem“, sagte Roxana, die ein Lächeln nicht unterdrücken konnte.

„Und ich weiß auch schon“, fügte Tobias hinzu, „wie Sie uns am besten helfen können.“

Onkel Charles strahlte über das ganze Gesicht. Er legte seinen Arm um Tobias’ Schulter und sagte in väterlichem Ton: „Hör endlich auf, mich zu siezen! Sag doch Onkel Charles zu mir.“

ALLES ODER NICHTS

Die Nacht war bereits angebrochen, als sich die Freunde auf den Weg machten, um den übermächtigen Feind herauszufordern. Bei dem Gedanken, wer ihm in diesem ungleichen Kampf zur Seite stand, wurde es Tobias etwas mulmig: ein alter, gebrechlicher Mann; ein aufgewecktes, streitbares Mädchen; ein schmächtiger Schneider, der sie bei der ersten Gelegenheit verraten würde; ein heruntergekommener Prinz, der seinen Trost in Bier und Wein suchte; ein störrischer Esel, der angeblich Gold spie; und ein Zwergen-Quartett, das verzweifelt versuchte mit den anderen Schritt zu halten. Wenn das nur gut ging!

Schweigend marschierten sie durch die menschenleeren Straßen Grimmhausens. Obwohl es bewölkt war, konnte man den Mond gut sehen: Er stand direkt über dem Schloss. Ein kalter Wind blies ihnen ins Gesicht. Tobias, der das seltsame Grüppchen anführte, steckte seine Hände in die Hosentaschen. Es fröstelte ihn.

Morgen ist Vollmond, dachte er. Einen Tag noch und Rufus würde Königin Sofia vor den Traualtar zerren und damit das Schicksal von Grimmhausen für immer besiegeln.

Tobias ging seinen Plan immer wieder in Gedanken durch. Und wenn etwas schief ging? Wenn die Diebe sie überwältigten und in den Kerker warfen? Wenn die Gespenster so wild kreischten, dass er danach älter aussehen würde als seine eigene Großmutter? Wenn die Hunde über ihn herfielen und in Stücke rissen? Oder wenn die Wolfsbrüder ihre scharfen Zähne in seinen Hals bohrten?

„Alles okay?“, fragte Roxana, die zu ihm aufgeschlossen hatte.

Tobias nickte. Er versuchte nicht mehr daran zu denken, was ihnen alles zustoßen könnte.

„Wird schon schief gehen.“

Roxana ließ sich von seinem vorgespielten Optimismus nicht täuschen. „Ich habe auch Angst. Aber was bleibt uns schon anderes übrig? Wir können uns doch nicht unser Leben lang unterdrücken lassen.“

Plötzlich wurde ihr bewusst, dass Tobias ja gar nicht aus Grimmhausen war. „Für dich gilt das ja gar nicht. Du kannst jederzeit in deine eigene Welt zurückkehren.“ Sie zögerte. „Sag mal, Tobias“, setzte sie erneut an.

„Was denn?“

„Wieso bist du eigentlich zu uns gekommen? Hast du nicht gewusst, wie gefährlich das für dich sein würde?“

Tobias versuchte sich zu erinnern. Was war in ihm vorgegangen, als Konrad ihn gebeten hatte, nach Grimmhausen zu kommen? Hatte er sich geschmeichelt gefühlt, dass ihn jemand um Hilfe bat? Oder hatte er gar nicht ernsthaft daran geglaubt, dass Grimmhausen überhaupt existierte?

„Ich war neugierig“, sagte er schließlich. „Natürlich wollte ich helfen. Aber vor allem wollte ich wissen, ob es euch wirklich gibt.“

„Halt, ihr beiden, nicht so schnell!“ Konrad schloss keuchend zu ihnen auf.

Tobias und Roxana hatten gar nicht bemerkt, dass der Weg mittlerweile steiler geworden war. Konrad hingegen und die kurzbeinigen Zwerge kamen beim Aufstieg auf den Berg ganz schön ins Schwitzen. Auch Onkel Charles hatte seine liebe Mühe, den Esel, der immer wieder bockig stehen blieb, zum Weitergehen zu bewegen. Der Berg lag nun direkt vor ihnen. Unheimlich hoben sich die Umrisse des alten Schlosses gegen das Licht des Mondes ab. Es war gespenstisch ruhig; nur hin und wieder ertönte der Ruf einer Eule. Wollte sie die Eule vor der Gefahr, die ihnen drohte, warnen?

Langsam setzte sich die kleine Karawane wieder in Bewegung. Kehre um Kehre stiegen sie den gewundenen Kiesweg hoch. Ihr Ziel schien so nah zu sein und doch dauerte es noch eine gute Stunde, bis sie endlich vor der hochgezogenen Zugbrücke des Schlosses standen.

„Und jetzt?“, fragte Taylor. Er ärgerte sich furchtbar darüber, dass er noch immer nicht wusste, was Tobias vorhatte.

„Wir verstecken uns hier im Gebüsch“, sagte Tobias.

„Im Gebüsch? Was sollen wir da?“

„Kaugummi kauen“, grinste Tobias, dem es allmählich Spaß machte, Taylor an der Nase herumzuführen. „Und während wir das tun, wird Onkel Charles allein in das Schloss gehen.“

„Was ist ein Kaugummi?“, fragte Taylor. „Und was erwartest du dir von Charles? Das ist doch ein nutzloser alter Säufer!“

„Wart's nur ab“, antwortete Tobias knapp.

Auf sein Zeichen verbarg sich die kleine Gruppe hinter den dornigen Sträuchern, die den Wegrand säumten. Tobias kramte in seiner Hosentasche, holte eine Packung Kaugummis heraus und hielt sie Roxana und Augustin hin.

„Was ist das?“, fragte Roxana neugierig.

„Habt ihr hier wirklich keine Kaugummis?“, staunte Tobias. „Seht her!“

Er steckte einen Kaugummi in den Mund und begann zu kauen.

„Macht es mir nach“, sagte er. „Aber nur kauen, nicht runterschlucken!“

Roxana und Augustin folgten seinem Beispiel, obwohl sie nicht wussten, wozu das gut sein sollte.

Onkel Charles aber packte den Esel an der Leine und ging bis an den Rand des Burggrabens vor. Er zündete eine kleine Laterne an, um von den Wachposten besser gesehen zu werden. Dann rief er zum Wachturm hinauf: „Hallo, ist da jemand?“

„Wer will das wissen?“, fragte ein Wachmann.

„Ein Wandersmann mit seinem Esel“, antwortete Onkel Charles. „Wir brauchen Kost und Quartier. Heute Nacht soll es kalt werden!“

Als der Wachmann nicht darauf reagierte, setzte Onkel Charles nach: „Ich kann bezahlen. Mit Goldmünzen!“

Das Zauberwort ‚Gold‘ verfehlte seine Wirkung nicht: Die Zugbrücke wurde eilig heruntergelassen. Onkel Charles lächelte, als der hölzerne Steg unmittelbar vor seinen Zehenspitzen auf den Boden knallte. Um wie viel leichter doch alles ging, wenn man Geld hatte! Er erinnerte sich daran, wie sehr man sich um ihn bemüht hatte, als er selbst noch ein reicher Prinz gewesen war. Und jetzt? Jetzt machten alle seine früheren ‚Freunde' einen weiten Bogen um ihn und taten so, als würden sie ihn nicht mehr kennen.

Er versuchte seine Erinnerungen an bessere Zeiten beiseite zu schieben und führte seinen Esel gemächlichen Schrittes in den Innenhof des Schlosses. Hinter sich hörte er das Rasseln der Kette, mit der die Zugbrücke wieder hochgezogen wurde; vor sich sah er zwei Dutzend dunkler Gestalten, die ihn misstrauisch beäugten.

„Guten Abend!", rief er ihnen freundlich zu. „Ich sehe, ihr habt ein großes Bierfass. Da fühle ich mich gleich wie zu Hause!"

Niemand antwortete. Onkel Charles sprach trotzdem unbekümmert weiter: „Kann mir jemand sagen, wo ich meinen Esel während der Nacht unterbringen kann? Das ist nämlich nicht irgendein Esel. Der hier ist besonders wertvoll!"

„Ein wertvoller Esel!", lachte der Mann, der ihm am nächsten stand. „Das ist gut! Was hast du denn sonst noch Wertvolles bei dir? Deine ausgetretenen Schuhe? Deinen abgetragenen Mantel?"

Onkel Charles ahnte sofort, dass er es mit dem Anführer der Diebsbande zu tun hatte. Er ließ sich durch sein schäbiges Gelächter nicht beirren. „Meine Schuhe und meinen Mantel kannst du gerne haben. Aber mein Esel ist Gold wert. Willst du mir nicht sagen, wo er heute Nacht in Sicherheit ist?"

„Aber ja doch!“, spottete der Mann. „Gerne sage ich dir, wo du deinen altersschwachen Esel unterstellen kannst. Gleich da drüben ist ein Stall.“ Er zeigte auf ein unscheinbares Gebäude, das sich vom Wachturm bis zur Schlosskapelle erstreckte.

„Ist dieser Stall auch sicher?“, fragte Onkel Charles hartnäckig.

„Sperr doch deine Augen auf! Dann siehst du nämlich, dass alle Fenster mit schweren Eisengittern verriegelt sind. Und den Eingang zum Stall kannst du von hier aus gut sehen. Niemand kann deinen blöden Esel stehlen, solange du die Tür nicht aus den Augen lässt.“

„Das ist gut“, lächelte Onkel Charles und führte den Goldesel langsam in den Stall. Als er wieder herauskam, steuerte er sofort auf das große Bierfass zu.

„Schenk ein!“, sagte er zur buckligen Frau, die neben dem Fass stand.

Er nahm das Glas und gesellte sich zu einer Gruppe von Männern, die es sich rund um eine alte, verrußte Öllaterne bequem gemacht hatten.

„Darf ich?“, fragte er und setzte sich, ohne eine Antwort abzuwarten. Nun machte es sich bezahlt, dass er viele Jahre seines Lebens in Gasthäusern verbracht hatte: Es gelang ihm sehr bald, die Räuberbande davon zu überzeugen, dass er einer der ihren war. Er lachte, trank und erzählte jede Menge derber Witze. Niemand wäre auch nur im Traum darauf gekommen, dass er vor vielen Jahren einmal goldene Ringe und seidene Kleider getragen hatte.

Mit funkelnden Goldstücken bezahlte er eine Runde Bier nach der anderen, bis der Anführer der Bande ihn schließlich fragte: „Sei doch mal ehrlich! Du glaubst doch nicht wirklich, dass dein Esel wertvoll ist?"

„Und ob!", lallte Onkel Charles, obwohl er in Wirklichkeit noch stocknüchtern war. Ein paar Gläser verdünnten Bieres reichten noch lange nicht aus, um ihn betrunken zu machen!

„Dieser Esel ist mit Gold nicht aufzuwiegen", sagte er. „Aber mehr werdet ihr aus mir nicht herausbekommen."

„Natürlich nicht."

Von nun an kam die Bucklige kaum noch mit dem Bierzapfen nach: Die Männer prügelten sich beinahe darum, dem Unbekannten ein Gläschen spendieren zu dürfen. Nach einer guten Stunde warf ihr Anführer Onkel Charles einen prüfenden Blick zu. Er war zufrieden: Onkel Charles sah ziemlich mitgenommen aus. Er lag auf dem Rücken, den Kopf auf seinen zusammengerollten Mantel gebettet. Sein Mund war halb geöffnet und er atmete schwer.

„Eines habe ich noch immer nicht verstanden, lieber Charles: Wieso ist dein Esel nicht mit Gold aufzuwiegen?"

Onkel Charles antwortete schlaftrunken: „Weil du nur Bricklebrit sagen musst und schon spuckt er mehr Gold aus, als du tragen kannst. Aber jetzt lass mich endlich schlafen. Ich habe morgen einen weiten Weg vor mir."

Er drehte sich zur Seite und fing augenblicklich an zu schnarchen. Der gerissene Dieb wartete noch ein paar Minuten, um sicher zu sein, dass Onkel Charles auch wirklich schlief.

Dann packte er eine Laterne und lief zum Stalltor. Ungeduldig untersuchte er ein Tier nach dem anderen. Wo hatte dieser Charles seinen Esel nur angebunden? Da entdeckte er, wonach er gesucht hatte: Der Goldesel stand im hintersten Winkel des Stalles und kaute zufrieden am trockenen Heu, das ihm Onkel Charles vor die Nase geschaufelt hatte.

„Bricklebrit", flüsterte er. Der Esel hob seinen Kopf und spie eine Ladung Goldmünzen direkt vor seine Füße.

„Bricklebrit!" Und wieder prasselten glänzende Goldstücke auf den schmutzigen Stallboden.

„Bricklebrit! Bricklebrit! Bricklebrit!" Der Mann, der noch nie so viel Geld auf einem Haufen gesehen hatte, fiel auf die Knie und stellte die Laterne ab.

„Das gehört alles mir!", stammelte er fassungslos.

„Dass du dich da nicht täuschst!", sagte plötzlich jemand hinter ihm. Er wirbelte herum und sah gerade noch, dass eine dicke Holzkeule auf ihn niedersauste. Doch auch die dunkle Gestalt, die ihn hinterrücks niedergeschlagen hatte, konnte sich nicht lange am Goldschatz erfreuen: Immer mehr Männer, Frauen und Kinder stürmten in den Stall, um ebenfalls ein Stück Gold abzubekommen. Binnen kürzester Zeit war der Innenhof des Schlosses wie leer gefegt. Nur einer lag noch auf dem Boden und schien fest zu schlafen: Onkel Charles.

Doch Onkel Charles war die ganze Zeit hellwach gewesen. Als er sicher war, dass auch der letzte Taugenichts im Stall verschwunden war, sprang er auf und rannte zum Stalltor. Er warf es zu und verriegelte es sorgfältig.

„Geschafft!" Onkel Charles atmete tief durch.

Dann lief er zum Burgtor und kurbelte die Zugbrücke hinunter.

„Hereinspaziert!“, sagte er mit einem breiten Grinsen und verbeugte sich dabei mit einer ausladenden Geste, als würde er einen König in seinem Haus willkommen heißen.

„Toll gemacht, Onkel Charles!“, jubelte Roxana und fiel ihm um den Hals. „Ohne dich hätten wir das nie geschafft.“

Doch Onkel Charles winkte ab. „Es ist noch zu früh, um zu feiern“, sagte er. „Wir müssen weiter!“

Tobias erreichte als Erster das Kerkertor. Er drehte sich zu seinen Freunden um. „Da drinnen leben die Geister. Vielleicht ist es besser, wenn wir nicht alle hineingehen. Es könnte ja sein, dass etwas nicht nach Plan läuft. Nur Augustin muss mitkommen.“

„Ich?“, erschrak Augustin. „Warum ausgerechnet ich?“

Tobias lächelte verschmitzt. „Weil du so schön auf deiner Flöte spielst!“ Obwohl Augustin nicht wusste, worauf Tobias hinauswollte, trat er tapfer an seine Seite. Aber man sah ihm an, dass er sich in seiner Haut nicht wohl fühlte.

Nun stellte sich auch Roxana neben Tobias. Sie hatte nicht die Absicht, die beiden jetzt allein zu lassen.

Balduin hingegen zog sich so unauffällig wie möglich ein paar Schritte zurück. Schon beim Gedanken an die fürchterlichen Gespenster zitterte er am ganzen Körper. Vorsichtig holte er seinen Zauberspiegel aus der Jackentasche und flüsterte: „Spieglein, Spieglein in der Hand, braucht mich jetzt wirklich unser Land?“

„Nein!“, lachte der Spiegel spöttisch. „Ich wüsste nicht, wofür.“ Aber sonst sagte er nichts.

Der starke Valentin drückte Tobias fest die Hand. „Viel Glück! Wir rühren uns hier nicht von der Stelle und halten euch den Rücken frei.“

„Danke, Valentin“, sagte Tobias. „Also dann, an die Arbeit!“

Er nahm den Kaugummi aus dem Mund, teilte ihn in zwei Hälften und stopfte die klebrige Masse in seine Ohren.

„Damit hören wir das Geschrei der Gespenster nicht mehr so laut“, erklärte er.

Auf sein Zeichen machten Roxana und Augustin es ihm nach. Dann griff Tobias nach der Türklinke. Sein Gaumen war vor Aufregung so trocken, als hätte er seit Tagen nichts mehr getrunken. Er warf noch einen letzten Blick auf seine Gefährten, dann öffnete er die Tür und trat ein. Roxana und Augustin hefteten sich an seine Fersen.

Es war viel dunkler im Raum als bei Tobias’ erstem Besuch: Um diese Tageszeit drang kaum noch Licht durch die Mauerritzen. Obwohl er eine kleine Laterne bei sich hatte, beschloss er, sie nicht anzuzünden. So standen sie also dicht aneinander gedrängt in der Dunkelheit und warteten angespannt auf das Erscheinen der Geister. Und da waren sie auch schon: Leuchtende Augenpaare tauchten plötzlich aus dem Nichts vor ihnen auf und tanzten wild vor ihren Nasen. Manche Augenpaare waren grellgelb, andere orange, andere wiederum feuerrot. Roxana stieß einen gellenden Schrei aus, als zwei Augen wie glühende Kohlen auf sie zurasten und erst im allerletzten Moment an ihr vorbeihuschten. Tobias griff nach ihrer Hand. Von nun an hielten sie einander so fest, dass es beinahe wehtat.

Obwohl sie sich ihre Kaugummis fest in die Ohren gedrückt hatten, konnten sie das Geschrei der Gespenster deutlich hören. Wie laut musste es erst sein, wenn man seine Ohren gar nicht geschützt hatte! Endlich wurden die Schreie etwas leiser. Dann verstummten sie ganz. Tobias zog den Kaugummi ein Stückchen aus seinem rechten Ohr.

„Hallo!", sagte er. Obwohl ihm vor lauter Aufregung beinahe übel war, versuchte er möglichst ruhig zu wirken. „Ich bin Tobias und das sind meine Freunde Roxana und Augustin. Wir würden uns gerne mit euch unterhalten."

„Was wollt ihr?", fragte ein Gespenst ungläubig. „Du bist vielleicht ein komischer Kauz!"

Das hysterische Gelächter, das daraufhin ausbrach, war so laut, dass Tobias kurz daran dachte, sich das Ohr wieder zu verstopfen. Doch da flaute das Lachen wieder ab.

„Es ist kein Wunder, dass niemand mit euch etwas zu tun haben will", sagte er. „Ihr seid so gemein. Und was habt ihr davon? Dass ihr immer allein seid und euch zu Tode langweilt."

„Zu spät!", kicherte ein vorlautes Gespenst. „Wir sind nämlich schon tot!"

„Halt deinen Mund, du Kindskopf!", erklang eine Stimme, die Tobias sofort wieder erkannte: Es war dieselbe Stimme, die sich bei seinem ersten Besuch darüber beklagt hatte, dass das Leben als Geist so einsam war.

„Lasst ihn doch sagen, was er uns zu sagen hat!" Und an

Tobias gerichtet fügte das einsame Gespenst hinzu: „Was wollt ihr von uns?“

Tobias atmete auf.

„Wir möchten euch ein Angebot machen“, sagte er. „Wir sind Freunde von Königin Sofia. Wenn ihr uns zu ihr lasst, werden wir dafür sorgen, dass ihr in Zukunft nicht mehr so allein seid.“

„Hört nicht auf ihn!“, rief ein Gespenst aus dem Hintergrund. „Der will uns wohl für dumm verkaufen!“

„Möchtet ihr etwa bis in alle Ewigkeit vor Rufus und Rocco davonlaufen?“, fragte Tobias. „Wenn ihr uns nicht daran hindert, werden wir Königin Sofia befreien und die Wolfsbrüder für immer in eine dunkle Zelle sperren.“

„Schön und gut, aber was haben wir davon? Zu uns traut sich ja trotzdem niemand herein.“

„Das soll sich ändern!“, sagte Tobias mit dem Brustton der Überzeugung. „Wir werden nämlich eine Geisterbahn eröffnen!“

„Eine Geisterbahn? Was ist denn das?“

Tobias schmunzelte. Musste er wirklich einem Geist erklären, was eine Geisterbahn war?

„Das ist ein Haus, in dem viele Geister zusammenleben“, erklärte er. „Da, wo ich herkomme, ist das etwas ganz Normales. Das Tolle daran ist, dass es in einer Geisterbahn niemals langweilig ist, weil jeden Tag viele Kinder auf Besuch kommen!“

„Kinder? Haben die denn keine Angst vor uns?“, staunte das einsame Gespenst.

„Natürlich haben sie das. Aber das macht das Ganze ja so lustig. Denn die Kinder wissen, dass die Geister ihnen nichts Böses wollen. Geister sind bei uns sehr beliebt!“

„Habt ihr das gehört? Wäre das nicht wunderbar, wenn endlich ein bisschen Leben in diese Bude käme?“

Die Gespenster begannen aufgeregt durcheinander zu reden. „Das ist doch unglaublich!“ – „Ob das wirklich stimmt?“– „Also, schön wär's schon.“ – „Die Kinder kommen freiwillig?“ – „So ein Blödsinn!“ – „Aber einen Versuch wär's doch wert, oder?“

„Shhh!“, rief das einsame Gespenst seine Mitbewohner zur Ordnung. „Was haben wir denn zu verlieren? Schlimmer kann es nicht mehr werden.“ Als niemand widersprach, sagte es mit feierlicher Stimme: „Also gut, wir sind einverstanden. Wir lassen euch zu Sofia und ihr sorgt dafür, dass wieder Leben in diese kalten Mauern kommt.“

Tobias fiel ein Stein vom Herzen. „Ich gebe dir mein Wort darauf!“

Aufgeregt suchte er nach einem Streichholz, um seine kleine Laterne anzuzünden. Im flackernden Licht gingen sie auf die Tür zu, hinter der das nächste Hindernis auf sie wartete: die Hunde! Tobias bückte sich, um durch das Schlüsselloch zu schauen.

„Da drinnen brennt Licht“, flüsterte er. „Die Hunde sind hellwach. Aber das wird sich bald ändern!“

Er klopfte Augustin aufmunternd auf den Rücken. „Steck deine Flöte durch das Schlüsselloch und spiel so lange, bis sie einschlafen.“

Augustin war verwirrt: Sollte er sich freuen, dass man seine Hilfe brauchte? Oder sollte er sich darüber ärgern, dass sein Flötenspiel nur erwünscht war, um bösartige Hunde in Tiefschlaf zu versetzen?

Schließlich griff er nach seiner Flöte.

Tobias, Roxana und auch Augustin steckten ihre Kaugummis wieder fest in ihre Ohren. Dann konnte das Konzert beginnen. Was hätte Augustin nur darum gegeben, einmal in der Grimmhausener Volksoper zu spielen! Das Publikum würde ihm zujubeln und ihn hochleben lassen. Eine Zugabe nach der anderen würde es einfordern. Und Augustin würde immer wieder hinter dem schweren Vorhang hervortreten, um noch ein letztes Lied zum Besten zu geben.

Er seufzte laut auf. Er war nicht auf der Opernbühne, sondern in einem dunklen Schlosskerker. Und sein einziges Publikum war ein Rudel wilder Hunde. Aber er hätte alles getan, um seiner Königin zu helfen. Also gab er sich einen Ruck und stimmte die beschaulichste Melodie an, die ihm einfiel.

Nach ein paar Minuten konnte Tobias seine Ungeduld nicht mehr bezähmen. Er schob Augustin zur Seite und warf erneut einen Blick durch das Schlüsselloch. Was er sah, ließ sein Herz höher schlagen: Die mächtigen Köter lagen kreuz und quer auf dem Boden. Tobias drehte sachte am Türknauf.

Sie betraten den Raum und blickten sich um. Erleichtert stellten sie fest, dass alle Hunde fest schliefen. Tobias gab Augustin ein Zeichen, dass er weiterspielen solle. Sie durften kein unnötiges Risiko eingehen.

„Und jetzt?“, fragte Roxana.

Tobias, der die Frage von ihren Lippen abgelesen hatte, zeigte auf eine schwere Eisentür, die ihm schon bei seinem ersten Besuch aufgefallen war.

Er öffnete die Tür, die zum Glück unverschlossen war.

Perfekt!, dachte er, als er sah, dass der Raum fensterlos war und auch keinen zweiten Ausgang hatte. Ein idealer Ort, wo sie die grauenhaften Biester einsperren konnten.

Er bückte sich zu einem der Hunde hinab. Sein Maul war leicht geöffnet. Tobias lief beim Anblick seines kräftigen Gebisses ein kalter Schauer über den Rücken.

Ganz ruhig, sonst bin ich erledigt! Vorsichtig tippte er dem Hund auf die Schnauze. Er knurrte leise. Tobias zog die Hand blitzartig wieder zurück. Er wartete einen Augenblick, dann griff er behutsam nach seinen Vorderpfoten. Der Hund schlief weiter. Tobias seufzte erleichtert und nickte Roxana zu. Sie fasste den Köter an den Hinterpfoten. Langsam schleiften sie das schwere Tier in den Nachbarraum. Beiden stand der Schweiß auf der Stirne. Sie eilten hinaus, um den nächsten Hund zu holen. Einen nach dem anderen zerrten sie in die dunkle Kammer, während Augustin ohne Unterlass auf seiner Flöte spielte.

„Geschafft!“, keuchte Tobias, als sie endlich fertig waren. Er schloss die Tür und drehte den Schlüssel zweimal um.

Augustin setzte seine Flöte ab.

„Ich bin klitschnass!“, stöhnte Roxana und warf ihre Kaugummis in die Ecke.

Nicht weit entfernt, nur durch eine dicke Steinmauer von den Kerkeranlagen getrennt, brüteten Rufus und Rocco gerade über dem Buch.

„Das ist gut!“, sagte Rocco. „Das müssen wir uns auch besorgen.“

„Was denn?“

„Hier steht etwas von einem Wunschring. Wer ihn trägt, braucht sich nur an einen bestimmten Ort zu wünschen, und schon ist er dort. Stell dir vor, wir nützlich uns das sein kann: Sobald wir erfahren, dass es irgendwo Probleme gibt, wünschen wir uns dorthin und bringen die Sache wieder in Ordnung.“

„Ausgezeichnet“, frohlockte Rufus. „Dann gibt es kein Versteck mehr, in dem unsere Gegner vor uns sicher sind. Aber wo finden wir diesen Ring?“

„Beim König vom goldenen Berge. Ich habe keine Ahnung, wer das ist. Aber das wird Taylor schon für uns herausfinden. Der hat bis jetzt noch jeden aufgespürt. Gleich morgen früh setzen wir ihn darauf an.“

Rufus rieb sich die Augen. „Mir reicht’s für heute. Lass uns ein anderes Mal weitermachen.“

„Warte“, sagte Rocco. „Ich glaube, jetzt kommt die Geschichte vom Zauberspiegel. Den wollte ich schon immer in die Finger kriegen. Wenn du schlau genug fragst, bekommst du von ihm alle Informationen, die du brauchst!“

Er las die Geschichte aufmerksam durch, dann sah er seinen Bruder nachdenklich an. „Schneewittchen. Wenn das nicht unsere liebe Sofia ist!“

Rufus brach in schallendes Gelächter aus. „Schneewittchen? Was für ein blöder Name! Jetzt habe ich wenigstens einen lustigen Kosenamen für meine zukünftige Frau.“

„Kindskopf!“, schimpfte Rocco. „Begreifst du nicht, was das bedeutet? Wenn wir wissen wollen, wo dieser Spiegel steckt, müssen wir nur unsere hübsche Gefangene befragen, anstatt unser ganzes Reich zu durchkämmen.“

„Worauf warten wir noch?“, fragte Rufus. „Sofia sehnt sich sicher schon nach mir!“

Er erhob sich grinsend und ging zur Tür.

„Nicht da lang“, stoppte ihn Rocco. „Ich habe heute keine Lust mehr, mich mit dem besoffenen Pack im Hof herumzustreiten. Hinter diesem Schrank hier gibt es einen Geheimgang, der direkt zu Sofias Zelle führt.“

„Auch gut“, sagte Rufus und half seinem Bruder dabei, den Schrank zur Seite zu schieben.

Mittlerweile waren Tobias, Roxana und Augustin in dem kleinen Vorraum angelangt, der zu Sofias Verlies führte.

„Wo ist Sofia?“, fragte Augustin aufgeregt. Er konnte es kaum erwarten, seine Königin wiederzusehen.

„Da drinnen.“ Tobias entriegelte die Tür zur Kammer, in der Sofia eingesperrt war. Er zögerte einen Augenblick, dann öffnete er sie mit einem Ruck.

„Dir werd ich’s zeigen!“, ertönte eine wütende Stimme. Und schon flog ein Teller durch die geöffnete Tür und krachte gegen die Wand. Augustin stand genau in der Schusslinie. Zum Glück war er ein Zwerg: Wäre er nur um einen Kopf größer gewesen, hätte er den Teller mitten ins Gesicht bekommen.

„Augustin!“, rief Sofia. „Du bist das? Ich dachte, es wäre Rufus.“

„Rufus hat die Rechnung ohne uns gemacht“, strahlte Roxana.

Sofia fasste Roxana und Tobias am Arm. „Wie habt ihr das nur geschafft?“

„Das ist eine lange Geschichte“, antwortete Tobias. „Zuerst müssen wir aber wieder heil hinauskommen.“

Sofia begriff, dass die Gefahr noch nicht gebannt war. „Wo sind Rufus und Rocco?“

„Ich weiß nicht“, gab Tobias zu. Beim Gedanken an die beiden Wolfsbrüder wurde ihm angst und bange.

„Hier sind wir!“, ertönte plötzlich eine Stimme aus dem Hintergrund. Tobias, Roxana und Augustin drehten sich erschrocken um. Tatsächlich: Die Wolfsbrüder standen in der Tür und versperrten den einzigen Ausgang aus dem Kerker.

„Du bist also Tobias“, sagte Rufus betont langsam. „So ein Knirps glaubt also, uns einen Strich durch die Rechnung machen zu können?“ Er brach in schallendes Gelächter aus.

Dann fiel sein Blick auf Roxana. Seine Augen funkelten.

„Wen haben wir denn da?“, sagte er. „Wenn das nicht die freche Göre ist, die mir den Bauch aufgeschnitten hat! Für dich werde ich mir etwas ganz Besonderes ausdenken, das verspreche ich dir!“

Roxana wich einen Schritt zurück. Ihre Knie wurden weich. Panisch sah sie sich um, doch es gab kein Entkommen.

„Lass meine Freunde in Ruhe“, sagte Sofia und stellte sich schützend vor Roxana. „Ich bin es, die du willst. Wenn du sie gehen lässt, verspreche ich, dass ich dich heiraten werde.“

„Das ist ja zu gütig“, antwortete Rufus mit kreideweicher Stimme. Dann brüllte er plötzlich aus vollem Hals: „Du wirst mich sowieso heiraten, ob du willst oder nicht!“

In diesem Augenblick machten sich die Hunde bemerkbar, die im Nebenraum aufgewacht waren. Sie bellten laut und kratzten ungestüm an der eisernen Tür.

„Lass die Hunde frei“, sagte Rufus zu Rocco.

Rocco war nur noch wenige Schritte von der Tür entfernt, als Rufus ihn zurückrief: „Nein, warte! Ich habe eine bessere Idee!“

Er zeigte auf Tobias, Roxana und Augustin und sagte lächelnd: „Was hältst du davon, wenn wir die drei zu den Hunden sperren? Die armen Tiere müssen ja völlig ausgehungert sein.“

Rufus sah Tobias herausfordernd an. „Na, du Schlaumeier? Jetzt bist du mit deinem Latein wohl am Ende! Da hilft es dir gar nichts, dass du das Buch gelesen hast. Lass dir das eine Lehre sein! Man kann lesen, so viel man will: Im wirklichen Leben kommt es auf ganz andere Dinge an!“

„Immerhin weiß ich jetzt, dass sie schon einmal gegen ein kleines Mädchen den Kürzeren gezogen haben“, sagte Tobias trotzig. „Und Ihr Bruder hat sich nicht einmal gegen ein paar Ziegen zu helfen gewusst.“

Rufus war sprachlos. So hatte noch niemand mit ihm gesprochen.

„Ich hab's mir anders überlegt, Rocco. Wir überlassen sie nicht den Hunden. Ich werde mich höchstpersönlich um sie kümmern."

Tobias sah, wie sich Rufus' Muskeln anspannten, als würde er zu einem mächtigen Sprung ansetzen. Hastig zog er den Jutesack hervor, den er sich unter den Bund seiner Jogginghose geklemmt hatte.

„Wissen Sie, was das ist?", fragte er.

„Willst du mich auf den Arm nehmen?" Rufus war so wütend, dass er kaum noch sprechen konnte. „Ein ganz normaler Sack ist das."

Tobias schüttelte den Kopf. „Sie hätten das Buch aufmerksamer lesen sollen!"

Dann rief er: „Knüppel aus dem Sack!", und schon prügelte der Knüppel auf Rufus ein. Rocco stürmte zur Tür, um die Hunde zu befreien, doch der Knüppel stürzte sich auch auf ihn und schlug ihm auf die Hand. Die Wolfsbrüder versuchten verzweifelt, sich zur Wehr zu setzen, doch der Knüppel war schneller als sie: Wenn sie ihren Kopf schützten, schlug er ihnen auf die Beine; kaum senkten sie ihre Arme ab, bekamen sie einen harten Schlag auf die Nase.

„Aufhören!", rief Rocco, dessen Gesicht inzwischen von Beulen übersät war.

„Gnade!", schrie auch Rufus, wohl zum ersten Mal in seinem Leben.

„Geht da hinein, dann hört der Knüppel sofort auf", sagte Tobias. Er zeigte auf das Gefängnis, in dem Sofia eingesperrt gewesen war.

Die Wolfsbrüder überlegten nicht lange, sondern rannten, so schnell sie konnten, in die finstere Kammer.

Blitzschnell warf Tobias die Tür hinter ihnen zu. „Knüppel in den Sack!"

Die Freunde sahen einander an. Sie konnten es kaum fassen, dass sie Rufus und Rocco wirklich besiegt hatten. Sofia war die Erste, die die Sprache wiederfand: „Es ist vorbei!"

Kaum hörbar fügte sie hinzu: „Ich hatte die Hoffnung schon fast aufgegeben."

Tobias reichte Sofia die Hand. „Kommen Sie, gehen wir hinaus. Dort warten Konrad und die anderen auf uns."

Sofia umarmte ihn.

„Danke für alles", flüsterte sie und drückte ihn fest an sich.

Tobias wäre am liebsten für immer in den Armen der Königin geblieben. Doch Roxana stieß ihm unsanft in die Rippen. „Können wir dann?"

Also machten sie sich auf den Weg, um die ungastliche Stätte so rasch wie möglich zu verlassen.

Die Geister hielten ihr Versprechen und gaben keinen Laut von sich, als Tobias und seine Freunde abermals ihr Revier durchquerten. Tobias ging mit seiner kleinen Laterne voran, die anderen hielten sich dicht hinter ihm. Als sie den Ausgang erreicht hatten, stieß Tobias die Tür auf und betrat den Burghof. Sie wurden schon ungeduldig erwartet. Konrad fasste Sofia bei beiden Händen. Seine Erleichterung war so groß, dass er kein Wort herausbrachte. Sofia sah ihn dankbar an. Ihre Augen füllten sich mit Tränen.

Da zupften auch schon Seraphin, Valentin und Balduin an ihrem Kleid.

„Meine treuen Freunde", sagte sie und gab jedem der Zwerge einen Kuss auf die Stirn. Dann schüttelte sie Onkel Charles die Hand. „Prinz Charles! Welch freudige Überraschung, Sie hier zu sehen!"

„Ihre Majestät", sagte Onkel Charles und machte eine tiefe Verbeugung.

Nur Taylor stand ein wenig abseits. Eigentlich hätte er wütend sein müssen, dass die Befreiung von Sofia so glatt über die Bühne gegangen war. Müsste er jetzt nicht eingreifen, um dem Spuk ein Ende zu bereiten? Aber irgendetwas hielt ihn zurück. Was war es nur? Angst? Unsicherheit? Je länger er in sich hineinhorchte, desto klarer wurde es ihm: Es war Freude! Ja, er freute sich insgeheim mit Sofia, Tobias und den anderen, dass sich ihr Mut und ihr Einsatz gelohnt hatten.

Plötzlich bemerkte er, dass eine dunkle Gestalt den Hof betrat. Sie näherte sich ihnen ein paar Schritte, dann verharrte sie regungslos. Da der Mond von einer Wolke verdeckt war, konnte er nicht erkennen, wer das war.

„Wie rührend!", hallte es plötzlich durch den Hof. „Darf ich mitfeiern?"

In diesem Moment trat der Mond hinter der Wolke hervor und warf sein weißes Licht auf das Schloss. Nun konnte man die alte Frau und den Kater an ihrer Seite deutlich sehen.

„Die Hexe!", rief Tobias.

„Bist ein schlaues Bürschchen", höhnte sie.

Sie hob ihren Kater auf und streichelte ihn unter dem Kinn.

„Was meinst du, Gilbert, soll ich unsere lieben Besucher zu Stein erstarren lassen?“

„Warum nicht“, antwortete der Kater. „Wäre ja nicht das erste Mal!“

„Vergessen Sie da nicht eine Kleinigkeit?“, fragte Tobias.

„Ich? Was denn?“

„Zum Beispiel, dass Sie gar keine Zauberkräfte mehr haben!“

„Woher ...“, setzte die Hexe verdutzt an. Dann warf sie einen vorwurfsvollen Blick auf Gilbert. „Du geschwätziger Bettvorleger! Kannst du nicht einmal ein Geheimnis für dich behalten?“

„Ich?“, fragte der Kater entrüstet. „Keiner Menschenseele habe ich was davon erzählt!“

„Ist ja auch egal“, wandte sich die Hexe wieder an Tobias. „Und weißt du auch, warum? Weil das Schnee von gestern ist. Ich habe meine Kräfte längst wieder zurückerlangt.“

Tobias starrte sie an. War das möglich? Oder bluffte sie nur, um ihn einzuschüchtern? Nein, darauf würde er nicht hereinfallen.

„Das glauben Sie doch selbst nicht“, sagte er trotzig. „Vor ein paar Stunden haben Sie noch zugegeben, dass Sie keiner Fliege etwas zu Leide tun können.“

„Alle Achtung“, staunte die Hexe. „Du bist wirklich gut informiert. Trotzdem bist du nicht auf dem letzten Stand.“ Sie zeigte mit ihrem krummen Zeigefinger auf den Himmel über ihnen. „Siehst du den Vogel da oben?“

Sie murmelte ein paar undeutliche Worte und klatschte

dabei zweimal in die Hände. Da stürzte der Vogel wie ein Stein vom Himmel und krachte unmittelbar vor Tobias' Füßen in den Sand.

„Überzeugt?", fragte die Hexe.

„Das verstehe ich nicht", stammelte Tobias. „Wie haben Sie Ihre Zauberkräfte denn zurückbekommen?"

„Mit Köpfchen, mein Kleiner!" Die Hexe lächelte zufrieden. „Was siehst du, wenn du in einen Spiegel schaust?"

„Mein Gesicht, was sonst?"

„Falsch!", frohlockte die Hexe. „Du siehst nur das Spiegelbild deines Gesichtes. Das sieht dir zwar täuschend ähnlich, ist aber trotzdem nur ein Trugbild. Wenn du auf deine linke Wange einen Punkt malst, trägt ihn dein Spiegelbild auf der rechten Wange!"

„Aber das weiß doch jedes Kind", sagte Tobias.

Doch die Hexe ließ sich nicht beirren. „Wenn ein Spiegel links mit rechts vertauscht, vertauscht er natürlich auch vorne mit hinten."

„Na und?"

„Was heißt hier na und? Das war die Lösung meines Problems! Ich habe den Zauberspruch noch einmal vor dem Spiegel aufgesagt, aber diesmal von hinten nach vorne. Und schon war der Bann gebrochen."

Tobias wusste nun, dass die Hexe nicht bluffte. Was sollten sie nur tun? Fieberhaft suchte er nach einem Ausweg.

„Vergiss es", sagte die Hexe, die seine Gedanken erraten hatte. „Ihr habt keine Chance." Dann sprach sie die unheilvollen Worte, die Konrad, Roxana und die Zwerge schon einmal gehört hatten: „Marmor, Stein und Eisen bricht, aber es bewegt sich nicht!“

Tobias, der sich eben an der Nase gekratzt hatte, konnte plötzlich seine Hand nicht mehr bewegen. Mit Entsetzen stellte er fest, dass er am ganzen Körper gelähmt war. Aber er war bei vollem Bewusstsein: Er konnte die Hexe nicht nur sehen, sondern auch ihr hämisches Gelächter hören. Panik erfasste ihn. Er konnte nicht einmal seine kleine Zehe bewegen! Musste er nun bis an sein Lebensende steif wie eine Schaufensterpuppe in einer Abstellkammer stehen? Würde er Miriam, Oma und seine Eltern jemals wiedersehen?

Die Hexe kam auf ihn zu und blieb ganz dicht vor ihm stehen. Ihr Gesicht war nur wenige Zentimeter von seinem entfernt. Er bekam eine Gänsehaut, als er die hässliche Warze auf ihrer Nase sah, aus der ein Büschel schwarzer Haare wucherte.

„Was hast du mit ihnen vor?“, fragte Taylor, der als Einziger vom Fluch der Hexe verschont geblieben war.

„Ich werde sie in irgendein Ungeziefer verwandeln. In Kleidermotten vielleicht oder in Käfer.“

„Käfer? Aber dann werden sie vom nächstbesten Vogel aufgefressen!“

„Was geht mich das an? Sie hätten ihre Nasen ja nicht in meine Angelegenheiten stecken müssen.“

„Ich habe einen besseren Vorschlag“, säuselte Gilbert, der genüsslich an seiner Vorderpfote leckte. „Warum verwandelst du sie nicht in knusprige kleine Mäuse?“

„Meinetwegen“, sagte die Hexe. „Ich weiß zwar nicht,

warum ich ausgerechnet dir einen Gefallen tun sollte, aber ich habe nun einmal ein gutes Herz."

„Nein, das hast du nicht", sagte Taylor feindselig. „Du bist eine böse, alte Frau, die ihren Spaß daran hat, andere zu quälen."

Die Hexe sah ihn wütend an. „Du mieser kleiner Schneider, was nimmst du dir heraus? Mein Geld hast du gerne genommen und jetzt bekommst du ein schlechtes Gewissen?"

„Du kannst dir dein Geld an den Hut stecken!" Taylor deutete auf Tobias und seine Freunde. „Jeder hier hat mehr Mut bewiesen als alle deine Gehilfen zusammen. Deshalb gehöre ich auch zu ihnen und nicht zu dir."

Die Hexe lachte auf. „Das kannst du gerne haben. Gilbert wird sich freuen, wenn er noch eine Maus in seine Krallen kriegt!"

„Nimm dich in Acht", sagte Taylor. „Ich habe sieben auf einen Streich erschlagen!"

„Sieben Fliegen hast du erschlagen", fiel ihm die Hexe ins Wort. „Fliegen, nicht Männer! Ich habe das im Buch nachgelesen. Auch die zwei Riesen hast du nicht getötet: Die haben sich nämlich gegenseitig umgebracht, ganz ohne dein Zutun. Also versuch nicht, mich mit deinen Lügengeschichten zu beeindrucken."

„Vielleicht kann dich ja das beeindrucken!" Taylor öffnete seine Jacke und holte eine Blume heraus: die rote Blume mit der Perle.

Die Hexe stieß einen gellenden Schrei aus, als hätte man sie auf glühende Kohlen gesetzt. Die Blume! Das Einzige auf dieser Welt, wovor sie wirklich Angst hatte. Sie riss die Arme nach oben, um ihr Gesicht zu schützen, doch es half nichts. Sie spürte, wie sie immer kraftloser wurde und alle Energie aus ihr wich.

„Nimm das weg!“, flehte sie Taylor an. Sie war leichenblass geworden und stand vor ihm wie ein Häufchen Elend. „Bitte!“

„Das ist das erste Mal, dass du bitte sagst“, stellte Taylor mit Genugtuung fest. „Aber es ist zu spät. Du hast uns lange genug herumkommandiert.“

Er berührte Tobias, Sofia und die anderen rasch mit der Blume, um sie aus ihrer Erstarrung zu befreien.

„Danke, Taylor!“, sagte Tobias. „Ich bin froh, dass du dich für die richtige Seite entschieden hast.“

Taylor blickte verlegen zu Boden. „Es tut mir wirklich Leid. Ich weiß auch nicht, was in mich gefahren ist. Wie konnte ich nur für diese schreckliche Hexe arbeiten!“

„Was sollen wir denn jetzt mit ihr machen?“, fragte Roxana.

„Warum sperren wir sie nicht in ihr Turmzimmer?“, schlug Taylor vor. „Und die Blume nageln wir an die Tür, damit sie nie wieder herauskommen kann.“

„Gute Idee!“, meinte Roxana.

„Aber ich habe Frau Jorinde und Herrn Joringel versprochen, die Blume zurückzubringen“, wandte Tobias ein.

„Keine Sorge“, sagte Sofia. „Darum kümmere ich mich schon. Die beiden haben sicherlich nichts dagegen, wenn sie erfahren, wofür wir die Blume benötigen.“

Taylor und Valentin packten die Hexe an den Ellbogen und führten sie ab. Kater Gilbert trottete mit hängendem Kopf hinter ihnen her. Als die beiden wieder zurückkamen, wandte sich Konrad an Sofia: „Meine verehrte Königin: Es ist höchste Zeit, dass Sie Ihren Thron wieder einnehmen!“

Sofia schenkte ihm ein dankbares Lächeln.

„Du hast Recht“, sagte sie. „Lasst uns alle gemeinsam hinaufgehen!“

ABSCHIED

Vierundzwanzig Stunden später stand ein makelloser Vollmond am Nachthimmel von Grimmhausen. Rufus hielt das Eisengitter des Fensters, das nicht größer war als ein Laib Brot, fest umklammert und starrte wie hypnotisiert in den Mond. Für jeden, der auch nur einen Tropfen Wolfsblut in sich hatte, war dies die Nacht der Nächte. Aber so wild er auch am Fenstergitter rüttelte: Rufus musste den Rest seines Lebens wohl in seiner winzigen Gefängniszelle verbringen. Er stieß ein lautes, wehklagendes Heulen aus, in das nach und nach alle Hunde einstimmten, die sich in der Nähe des Schlosses aufhielten.

Rocco, der in der Nachbarzelle ebenfalls aus dem Fenster blickte, versuchte ihm Mut zu machen: „Lass dich nicht unterkriegen, Rufus. Eines Tages kommen wir hier wieder heraus. Und dann werden sie uns kennen lernen!"

„Eines Tages?", schrie Rufus. „Jetzt will ich hier raus! Hast du vergessen, was heute für ein Tag ist? Wir sollten nicht in diesem Loch sitzen, sondern ein Fest veranstalten, wie es Grimmhausen noch nie zuvor gesehen hat: mein Hochzeitsfest mit der Königin!"

Er trommelte noch einmal wütend gegen das Fenstergitter,

dann trottete er zu seiner harten Holzpritsche. Entmutigt ließ er sich fallen. Immer wenn er sich zu sehr aufregte, tat ihm die hässliche Narbe weh, die seit seiner Begegnung mit Roxana und ihrer Großmutter seinen Bauch verunstaltete. Er kratzte daran, obwohl er wusste, dass der Juckreiz dadurch nur schlimmer werden würde.

Als er sich noch einmal alle Details seines verhinderten Hochzeitsfestes ausmalte, glaubte er plötzlich, Gelächter und das Klirren von Gläsern zu hören.

„Ich verliere hier noch den Verstand!", brüllte er in der Hoffnung, dass Rocco ihn auch von der Pritsche aus verstehen würde.

„Ich höre schon meine eigene Hochzeitsfeier!"

Doch Rocco hatte die seltsamen Geräusche ebenfalls gehört. „Die feiern wohl eher, dass sie uns los sind", sagte er bitter.

Und so war es auch: Königin Sofia hatte all ihre Untertanen ins Schloss geladen, um mit ihnen die Befreiung Grimmhausens zu feiern. Zu Hunderten waren sie gekommen, von nah und fern, und warteten nun im aufwändig geschmückten Festsaal auf das Erscheinen der Königin.

Tobias blickte sich staunend um: So viele eigenartige Gestalten hatte er noch nie auf einem Haufen gesehen. Er sah Wesen, die dreimal so groß waren wie er selbst, und andere, die ihm kaum bis zum Knie reichten. Manche hatten mehrere Köpfe, andere wiederum nur ein einziges Auge mitten auf der Stirn. Am besten gefielen ihm aber die zahlreichen Tiere unter den Gästen: Sie trugen modische Anzüge und Krawatten und schlürften an bunten Cocktails, als sei dies die natürlichste Sache auf der Welt.

„Da drüben sind Freunde von mir", riss ihn Roxana aus seinen Gedanken. „Die musst du unbedingt kennen lernen."

Sie drängte sich durch die dichte Menge und fing sich dabei so manchen vorwurfsvollen Blick ein. Schließlich stellte sie ihm ein junges Geschwisterpaar vor: Johannes und Margarete.

„Den beiden gehört die beste Konditorei in der Stadt", sagte Roxana. „Aber davon hast du sicher in deinem Buch gelesen."

Tobias schüttelte den Kopf. „Nein, das sagt mir gar nichts. Von einer Konditorei hör ich zum ersten Mal."

„Das ist doch nicht möglich!", beharrte Roxana. „Komm, Margarete, erzähl ihm doch eure Geschichte."

„Gerne", sagte Margarete. „Hans und ich haben uns einmal im Wald versteckt, weil wir Streit mit unseren Eltern hatten. Auf einmal stehen wir vor einer Hütte. Und ob du's glaubst oder nicht: Die Wände der Hütte waren aus Lebkuchen und die Fensterbretter aus Schokolade. In den Blumenbeeten war keine Erde, sondern Kuchen, und die Blumen selbst waren aus Marzipan."

„Klingt nicht schlecht", meinte Tobias.

„Das will ich meinen! Wenn da nicht plötzlich diese alte Hexe gewesen wäre. Der war das gar nicht recht, dass wir ihr Haus vernaschen wollten."

„Und, wie ging es weiter?", fragte Tobias. Aber er ahnte bereits, dass er sich mit Hänsel und Gretel unterhielt.

„Einsperren wollte sie uns", fuhr Margarete fort. „Aber wir waren stärker. Und in ihrer Hütte haben wir dann die Rezepte für die Süßigkeiten gefunden, die uns so geschmeckt hatten. Da hatten wir die Idee, eine Konditorei zu eröffnen."

Tobias wollte noch eine Bemerkung machen, als ein laut dröhnender Gong den Raum erfüllte.

„Ihre Majestät, Königin Sofia von Grimmhausen!", rief ein Mann mit einem langen roten Frack.

Die Tür, die den Festsaal von den königlichen Gemächern trennte, öffnete sich und Königin Sofia betrat den Saal. Ein Raunen ging durch die Menge: Ihr prächtiges Kleid bestand aus feinster Seide und war über und über mit Gold und Edelsteinen bestickt. In ihr Haar waren rote Rosen eingeflochten und die zahllosen Diamanten, die auf ihrer Krone saßen, funkelten im Licht der kristallenen Kronleuchter. Sofia selbst war noch immer blass, aber ihr selbstbewusstes Lächeln zog die Gäste sofort in ihren Bann.

Konrad ging auf sie zu und verbeugte sich leicht. Würdevollen Schrittes durchquerten sie gemeinsam den Festsaal. Die Gäste hatten ein Spalier für sie gebildet und jubelten ihrer Königin ausgelassen zu. Am Ende des Saales bestieg sie den Thronsessel; Konrad nahm seitlich hinter ihr Platz.

Der Zeremonienmeister klopfte mit seinem Stab auf den Boden um anzukündigen, dass noch andere adeligen Gäste erwartet wurden.

„Prinzessin Rosemarie und ihr Gemahl, der Prinz von Tribergen!", rief er feierlich.

Als die weißhaarige Prinzessin und ihr junger Gefährte eintraten, schubste Roxana Tobias unauffällig an. „Sag mal, ist das nicht der Prinz, der mich hätte wachküssen sollen?"

„Ja“, sagte Tobias mit einem Anflug von Misstrauen. „Wieso denn?“

„Der sieht ja richtig gut aus! Da könnte ich mir einen Kuss schon gefallen lassen.“

Tobias fand das gar nicht lustig, aber er sagte nichts. Abgesehen davon war er der Meinung, dass der Prinz ein ziemlicher Langweiler war. Trotzdem war er froh darüber, dass Taylor die Spindel zerbrochen hatte, sodass es zu diesem Kuss erst gar nicht hatte kommen müssen.

Da ertönte wieder die Stimme des Zeremonienmeisters. „Prinzessin Rahel.“

„Rapunzel!“, raunte Tobias, als eine gertenschlanke Frau eintrat. Ihre Haare waren zu einem kunstvollen Gebilde verflochten, das fast bis zur Decke des Saales reichte. Ganz langsam setzte sie Fuß vor Fuß, ohne nach links oder rechts zu blicken, als hätte sie Angst, das Gleichgewicht zu verlieren.

„Fürst Bartholomäus und seine Gemahlin Magda“, rief der Mann in dem roten Frack in würdevollem Ton.

Tobias runzelte die Stirn. Wer konnte das nur sein? Der lange Rauschebart des etwas dicklichen Mannes streifte beinahe den Boden. Fünf Zentimeter länger und er hätte damit aufkehren können. Tobias ging in Gedanken alle Märchenfiguren durch, die einen besonders langen Bart hatten.

„Ich hab’s!“, fiel es ihm plötzlich ein. „König Drosselbart! Dass ich darauf nicht gleich gekommen bin.“

„Psst!“, ermahnte ihn eine alte Dame, die dicht neben ihm stand. „Hat man dir keine Manieren beigebracht?“

Da betraten auch schon Onkel Charles und Tante Ashley

den Raum. Onkel Charles war kaum wieder zu erkennen. Er trug einen nagelneuen Smoking und sein Gesicht war glatt rasiert. Auch Tante Ashley hatte sich gehörig in Schale geworfen.

Als Charles und Ashley sich zu den anderen Ehrengästen gesellt hatten, klopfte der Zeremonienmeister erneut mit seinem Stab auf den Boden.

„Nun spricht die Königin von Grimmhausen!“, kündigte er die Rede der Gastgeberin an.

Sofia erhob sich.

„Meine lieben Freunde“, setzte sie an. Es war nun so leise im Saal, dass man den Flügelschlag einer Libelle gehört hätte.

„Gestern um diese Zeit saß ich noch in einem feuchten Kerker und machte mir große Sorgen um die Zukunft von Grimmhausen. Dass ich heute wieder als eure Königin zu euch sprechen kann, verdanke ich einzig und allein dem Mut einiger treuer Freunde, die große Gefahren auf sich genommen haben, um mich zu befreien.“

Einen Augenblick schien sie um Fassung zu ringen, dann fuhr sie fort: „Mein Dank gilt zunächst meinem treuen Berater Konrad, von dem ich weiß, dass er jederzeit sein Leben für mich geben würde. Wer solche Freunde hat, braucht seine Feinde nicht zu fürchten.“

Sie lächelte Konrad, der sichtlich gerührt neben ihr stand, dankbar an, bevor sie sich an die Zwerge wandte: „Zu meinen treuesten Freunden zählen auch Seraphin, Valentin, Augustin und Balduin, denen es mühelos gelingt, mangelnde körperliche Größe durch menschliche Größe auszugleichen. Als Dank für ihre Leistung ernenne ich sie zu meiner persönlichen Leibgarde.“

Königin Sofia heftete den Zwergen wuchtige, goldene Orden an die Brust, ehe sie weitersprach.

„Dass man nicht unbedingt körperliche Kraft braucht, um etwas zu erreichen, hat auch Roxana bewiesen. Weh dem, der sich von ihrer zierlichen Gestalt und ihrem jugendlichen Outfit täuschen lässt: Sie ist die einzige Grimmhausenerin, die von sich behaupten darf, den schrecklichen Rufus schon zweimal bezwungen zu haben.“

Während sich Roxana noch im Applaus der Zuhörer sonnte, wartete Taylor mit gemischten Gefühlen darauf, was die Königin wohl über ihn sagen würde. Würde sie ihm jemals verzeihen, dass er sie den Wolfsbrüdern ans Messer geliefert hatte? Durch seine Schuld war sie schließlich in dem dunklen Kerker gelandet.

Er atmete erleichtert auf, als er ihre versöhnlichen Worte hörte: „Auch Taylor möchte ich meine Hochachtung aussprechen. Er hat erkannt, dass er auf dem falschen Weg war, und hat die Konsequenzen daraus gezogen.“

Obwohl aus den hinteren Reihen vereinzelt Buhrufe erklangen, ließ sich Sofia nicht beirren. „Wir alle machen manchmal Fehler“, fuhr sie fort. „Aber nur wenige haben die Größe, dies auch zuzugeben. Ist falscher Stolz nicht oft unser größter Feind? Wie oft verteidigen wir unser Handeln, obwohl wir insgeheim schon wissen, dass wir im Unrecht sind? Taylor hat die Seiten gewechselt, als dies am dringendsten notwendig war. Dafür ernenne ich ihn auf Lebenszeit zum königlichen Hofschneider.“

Taylor wusste nicht, welches Gefühl stärker in ihm war:

die Freude über die soeben erhaltene Auszeichnung oder die Scham darüber, dass nun jeder wusste, dass er ein Spitzel gewesen war. Er machte eine tiefe Verbeugung und zog sich in den Schutz der dichten Menschenmenge zurück.

Tante Ashley vermutete, dass Onkel Charles als Nächster an der Reihe sein würde. Aufgeregt nestelte sie an seiner Krawatte herum. Schließlich sollte er gut aussehen, wenn er nach so langer Zeit wieder einmal im Rampenlicht stehen würde. Und sie wollte endlich wieder einmal so richtig stolz auf ihren einstigen Traumprinzen sein.

„Prinz Charles ist in dieser schwierigen Zeit über sich hinausgewachsen“, erklang auch schon die Stimme der Königin. „Er hat es im Alleingang geschafft, eine ganze Horde von Dieben und Banditen außer Gefecht zu setzen. Da er so geschickt mit einem Esel umzugehen weiß, übertrage ich ihm die Leitung der berühmten Grimmhausener Hofreitschule.“

Tobias stieg nervös von einem Bein auf das andere. Was würde die Königin wohl über ihn sagen? Hatte sie sich auch für ihn eine Belohnung ausgedacht?

Da gab sie ihm mit einem Kopfnicken zu verstehen, dass er an ihre Seite treten sollte. Sie legte ihre Hand auf seine Schulter. „Mein ganz besonderer Dank gilt aber Tobias“, sagte sie mit feierlicher Stimme. „Er war es, der meine Befreiung mit viel Herz und Verstand organisiert hat. Er ist nach Grimmhausen gekommen, um uns zu helfen, obwohl er damit seine eigene Freiheit aufs Spiel gesetzt hat. Dafür ernenne ich dich, mein lieber Tobias, zum Ehrenbürger von Grimmhausen. Und du sollst das Recht haben, bis an dein Lebensende im Ostflügel des Königsschlosses zu wohnen. Eine ganze Armee von Dienern wird dafür sorgen, dass es dir an nichts mangelt."

Tosender Applaus erfüllte den Saal. Tobias spürte, wie ihm eine Gänsehaut über den Rücken lief. Jetzt wusste er, dass es richtig gewesen war, nach Grimmhausen zu kommen. Und zum ersten Mal konnte er sich auch vorstellen, für immer hier zu bleiben. Was sprach eigentlich dagegen? Er würde als Retter Grimmhausens verehrt werden und wie ein Fürst in einem Schloss leben. Und jeden Tag würde er mit Roxana im Schlosspark spazieren gehen.

„Bevor ich das Fest offiziell eröffne", wandte sich Königin Sofia wieder an ihre Gäste, „möchte ich noch ein paar Entscheidungen bekannt geben. Rufus und Rocco habe ich zu lebenslanger Kerkerhaft verurteilt. Sie sollen nie wieder Leid über dieses Land bringen. Dasselbe gilt für die Hexe, die bis ans Ende ihrer Tage unter Hausarrest steht. Die Gehilfen der Wolfsbrüder, die noch immer im Stall eingesperrt sind, verbanne ich aus Grimmhausen. Wenn sie es wagen, noch einmal einen Fuß auf unser Land zu setzen, können sie den Wolfsbrüdern im Kerker Gesellschaft leisten. Bevor sie aber gehen dürfen, müssen sie sämtliche Häuser in Grimmhausen wieder bunt anstreichen, damit die Farbe Schwarz für immer aus unserer Erinnerung getilgt wird."

Sie wartete, bis der Jubel, der ihren Worten gefolgt war, langsam verebbte. „Und damit wollen wir den Blick nach vorne richten und uns auf das heutige Fest freuen. Dass es genug zu essen und zu trinken gibt, haben wir dem Wirt vom Gasthof ‚Zum Goldesel' zu verdanken. Für die Tanzmusik sorgen die

‚Fidelen Sterntaler'. Und für die Kinder gibt es eine ganz besondere Überraschung: die Eröffnung der gruseligen Schlossgeisterbahn. Das Fest möge beginnen!"

Königin Sofia nahm auf ihrem Thron Platz.

Roxana zog Tobias von der Bühne weg. „Lass uns zum Buffet gehen. Ich habe einen Riesenhunger!"

Sie hatte es so eilig, dass sie beinahe Tante Ashley und Onkel Charles über den Haufen gerannt hätte.

„Hallo, Tante Ashley!", sagte sie. „Du siehst ja toll aus. Das Kleid kenne ich gar nicht, ist es neu?"

„Ja", strahlte Tante Ashley. „Ich war heute Nachmittag beim Haselbaum. Gerade rechtzeitig, weil eben erst die neue Herbstkollektion hereingekommen ist!"

„Beim Haselbaum?", wunderte sich Tobias. „Aber Sie haben doch gesagt, dass Sie nicht mehr hingehen, weil er Ihnen nur Unglück gebracht hat?"

„Das hat sich geändert", lächelte sie. „Und das habe ich nur euch zu verdanken. Seit Charles euch dabei geholfen hat, die Königin zu befreien, ist er wie ausgewechselt. Seht doch selbst, was er gerade trinkt!"

„Pfui!", sagte Roxana, als sie die bräunliche Flüssigkeit im Glas ihres Onkels sah. „Das ist ja Kokakola! Wie kannst du das nur trinken?"

„Wieso pfui?", fragte Tobias. „Magst du denn kein Coca Cola?"

Roxana sah ihn entgeistert an. „Ich glaube, du weißt nicht, wovon du sprichst. Onkel Charles, lass Tobias doch einmal davon kosten."

Tobias ergriff das Glas. Da er schon sehr durstig war, trank er es auf einen Zug leer. Als sich aber der Nachgeschmack der braunen Brühe in seinem Mund breit machte, bereute er es, einen so großen Schluck genommen zu haben.

„Das ist ja ekelhaft!“, rief er. „Was ist denn da drin?“

Onkel Charles lachte. „Ja weißt du denn gar nicht, wofür Kokakola steht? Für eine Mischung aus Kohlrabi, Kamillentee, Kokosmilch und Lakritze! Es ist nicht besonders gut, aber wenigstens ist kein Alkohol drin!“

Tobias und Roxana verabschiedeten sich von den beiden und stellten sich beim Buffet an. Sie sahen, dass die Gäste so viele Köstlichkeiten auf ihre Teller schaufelten, dass sie sie kaum wegtragen konnten. Aber so gierig sie auch zulangten: Das Angebot wurde nie weniger. Der Wirt murmelte alle zwei Minuten ein „Tischlein deck dich“ und schon sah das Buffet wieder aus wie neu.

Als der Wirt Tobias und Roxana bemerkte, zwinkerte er ihnen freundlich zu. „Ihr habt nicht zu viel versprochen. So viel Geschäft wie heute hab ich schon lange nicht mehr gemacht. Aber was noch wichtiger ist: Meine Söhne sind bereit, meinen Gasthof zu übernehmen, wenn ich einmal zu alt für die viele Arbeit sein werde.“

Tobias und Roxana blickten einander zufrieden an. Dann füllten sie ihre Teller und gingen zu einem Stehtisch, der eben frei geworden war. Mit großem Appetit begannen sie zu essen.

„Tobias“, sagte Roxana mit vollem Mund, als der ärgste Heißhunger gestillt war. „Hast du schon über das Angebot von Sofia nachgedacht?“

Tobias sah sie nachdenklich an.

„Verlockend ist das schon“, sagte er. „Das mit dem Schloss meine ich.“

Als er die Enttäuschung in ihrem Gesicht sah, hätte er sich am liebsten die Zunge abgebissen. Warum hatte er ihr nicht gesagt, dass *sie* der Hauptgrund war, warum er gerne bleiben würde? Natürlich war das lebenslange Wohnrecht im Schloss eine tolle Sache – aber wenn Roxana und seine anderen Freunde nicht wären, würde er sich selbst im schönsten Schloss nicht wohl fühlen. Aber woher sollte er denn wissen, ob Roxana ihn ebenso mochte wie er sie? Vielleicht würde sie ihn ja auslachen, wenn er ihr das sagte!

Als Roxana keine Anstalten machte, die Unterhaltung fortzusetzen, nahm Tobias seinen ganzen Mut zusammen: „Würdest du dich denn darüber freuen?“

„Ja!“, sagte sie ohne zu zögern und blickte ihm dabei fest in die Augen. In diesem Moment trat Konrad, der den Schluss ihrer Unterhaltung zufällig mitangehört hatte, zu ihnen.

„Entschuldigt, wenn ich mich einmische“, sagte er. „Aber ich glaube nicht, dass das eine gute Idee wäre. Versteh mich nicht falsch, Tobias. Ich würde mich wirklich freuen, dich bei uns zu haben. Aber du würdest hier nicht glücklich werden. Es ist nicht deine Welt und du würdest dich immer fremd fühlen. Vergiss auch nicht, wer dich zu Hause vermissen würde: deine Freunde, deine Eltern …“

„Ich weiß nicht“, zuckte Tobias mit den Achseln. „Ich glaube nicht, dass ich meinen Eltern abgehen würde. Die sind sowieso nie da.“

„Sag das nicht. Ich bin davon überzeugt, dass sie dich lieben und ohne dich todunglücklich wären. Alle Eltern sind so, auch wenn sie es nicht so gut zeigen können. Aber wenn du schon nicht wegen deiner Eltern zurückkehrst, dann tu es doch für deine Schwester Miriam. Denn die braucht dich ganz bestimmt!"

Tobias nickte. „Miriam wäre sicher sehr traurig. Und ich würde sie auch vermissen."

Tobias ahnte, dass Konrad Recht hatte. So gut es ihm in Grimmhausen auch gefiel: Dies war nicht seine Welt. Er würde immer ein Fremder bleiben und nie so richtig dazugehören. Sein Platz war an der Seite seiner Schwester und seiner Oma. Er würde wieder in die Schule gehen, mit seinen Freunden die Innenstadt unsicher machen und seine Sonntagvormittage auf dem Fußballplatz verbringen.

„Was herrscht denn hier für eine Grabesstimmung?", fragte Königin Sofia, die sich inzwischen zu ihnen gesellt hatte.

„Tobias hat entschieden, dass er uns wieder verlassen wird", sagte Konrad, der stets zu wissen schien, was Tobias gerade dachte. „Und das stimmt uns natürlich traurig."

Sofia nickte. „Wir werden dich nie vergessen, Tobias. Aber wenn du es dir eines Tages anders überlegst, bist du immer herzlich willkommen!"

Konrad blickte auf seine Uhr.

„Ich will ja nicht drängen", sagte er, „aber ich glaube, es ist Zeit aufzubrechen. Wir müssen zu meiner Wohnung fahren; dort steht der einzige Computer, der dich in deine Welt zurückbringen kann."

„Viel Glück!“, sagte Sofia und umarmte ihn herzlich.

Nachdem Tobias sich von der Königin verabschiedet hatte, wandte er sich an Roxana: „Kommst du noch mit?“

„Logisch“, sagte sie knapp.

Schweigend folgten sie Konrad, der auf den Ausgang zusteuerte. Als sie den Saal schon beinahe verlassen hatten, hörten sie, wie jemand laut seinen Namen rief. Sie drehten sich um und sahen, dass Frau Jorinde und Herr Joringel ihnen nacheilten.

„Gut, dass wir dich noch erwischen“, sagte Frau Jorinde. „Wir möchten dir nämlich ein Angebot machen.“

„Ein Angebot? Was denn für eines?“

„Wir möchten, dass du für unsere Firma arbeitest. Als Berater der Geschäftsleitung. Weißt du, wir haben noch einmal darüber nachgedacht, was du über unsere Ixats gesagt hast. Daran hat man gesehen, wie wichtig es ist, jemanden zu haben, der die Dinge ein wenig anders sieht.“

„Heißt das, Sie lassen Ihre Ixats jetzt vorwärts fahren?“, staunte Tobias.

„So ist es“, sagte Frau Jorinde. „Zumindest während einer Testphase. Wenn sich die Ixats nicht mehr umgewöhnen können, werden wir das Projekt wohl abblasen müssen. Oder wenn die Ixatgewerkschaft zu heftig gegen die Änderung protestiert.“

„Aber haben Sie nicht gesagt, Sie können das nicht tun, weil Sie sonst so viel Personal entlassen müssen?“, erinnerte sich Tobias an sein erstes Treffen mit dem schrulligen Unternehmerpaar. „All die Leute, die sich um die Beschwerden der Unfallopfer kümmern?“

„Daran haben wir natürlich gedacht", beeilte sich Herr Joringel zu sagen, um seiner Gattin endlich einmal zuvorzukommen. „Diese Mitarbeiter werden umgeschult auf Fahrlehrer. Irgendwer muss den Ixats ja beibringen, wie man vorwärts fährt."

„Dann halte ich Ihnen die Daumen, dass es klappt", sagte Tobias.

Frau Jorinde hatte die Botschaft verstanden. „Soll das heißen, dass du nicht für uns arbeiten willst?"

„Tut mir Leid, aber ich will zurück zu meiner Familie."

„Schade", sagten Frau Jorinde und Herr Joringel beinahe gleichzeitig. Sie wünschten ihm noch eine gute Heimreise und verschwanden im Getümmel der Festgäste.

Als er ihnen so nachsah, ertappte sich Tobias bei dem Gedanken, dass es ihm lieber wäre, die Ixats würden auch in Zukunft rückwärts fahren. Irgendwie passte das besser in diese seltsame Welt. Grimmhausen wäre nicht mehr Grimmhausen, wenn aus Ixats plötzlich ganz normale Taxis würden.

Wenig später war er sich darüber aber nicht mehr so sicher, als sie zu dritt in einem Ixat saßen, das in atemberaubender Geschwindigkeit den Schlossberg hinunterraste und mehrmals aus der Kurve zu fliegen drohte. Wie durch ein Wunder kamen sie aber unversehrt bei Konrads Wohnung an.

Konrad seufzte, als sie bei seiner Eingangstür angelangt waren.

„Ich bin noch immer nicht dazu gekommen, mir die neue Tür einbauen zu lassen!"

Sprach's und stemmte sich mühsam in einen wackeligen

Kopfstand. Mit letzter Kraft keuchte er: „Liebe Tür aus Elfenbein, lass mich bitte wieder rein!“

Die Tür sprang auf und die drei betraten die Wohnung.

Als sie in das Arbeitszimmer kamen, in dem Konrads bunter Computer stand, wurde Tobias nervös. Wer sagte ihm denn, dass die Rückreise in seine eigene Welt genauso problemlos verlief wie die Reise nach Grimmhausen? Was, wenn er hier abreiste, aber niemals bei sich zu Hause ankam? Wenn er irgendwo zwischen den beiden Welten stecken blieb und bis zu seinem Lebensende im Internet herumgeistern musste?

Konrad fuhr den Computer hoch und stieg ins Internet ein.

„Gut, dass ich mir ein Bookmark gemacht habe“, sagte er. „Ich vergesse nämlich immer die Adresse von eurer Welt.“

Tobias sah, wie sich die Seite http://other-www.reallife/index.htm langsam aufbaute. Dann klickte sich Konrad routiniert durch eine lange Reihe von Links, tippte seinen Username und ein Password ein und machte Tobias Platz.

„So, mein lieber Tobias“, sagte er. „Die letzte Entscheidung liegt bei dir!“

Tobias starrte auf den alten Drehsessel, den Konrad gerade für ihn frei gemacht hatte. Damit sollte er die Reise antreten? Der Sessel sah aus, als würde er schon nach wenigen Umdrehungen in seine Einzelteile zerfallen. Aber Konrad würde schon wissen, was er tat.

Dann sah er Konrad und Roxana an. Er hasste Verabschiedungen. Und was sollte er sagen? Dass man sich schon wieder einmal anrufen würde? Das war in diesem Fall wohl nicht möglich. Dass er sein Abenteuer in Grimmhausen nie vergessen würde? Dass Roxana ihm fehlen würde?

Konrad erlöste ihn aus seiner Sprachlosigkeit: „Am besten, wir machen es kurz und schmerzlos. Sonst fangen wir noch alle zu heulen an!“ Damit schubste er ihn sanft auf den Drehsessel.

„Okay“, sagte Tobias und blickte auf die Tastatur. „Muss ich wieder auf Enter drücken?“, fragte er.

„Aber nein, mit Enter kann man nur herkommen. Aber du errätst sicherlich selbst, welche Taste dich wieder zurückbringt.“

„Ich hab’s“, sagte Tobias. „End!“

Konrad lachte. „Du hast wohl zu viele Filme gesehen! Versuch’s noch einmal.“

„Dann muss es Escape sein!“

„Na hör mal!“, sagte Konrad. „Das klingt ja, als müsstest du vor uns fliehen!“

„Jetzt weiß ich es. Du meinst die Home-Taste!“

„So ist es“, schmunzelte Konrad. „Gute Heimreise, Tobias!“

Tobias’ Zeigefinger lag bereits auf der Tastatur, als Roxana ihn plötzlich zurückhielt.

„Warte!“, sagte sie.

Er drehte sich um. Noch ehe er fragen konnte, was sie wollte, gab sie ihm einen Kuss.

„Jetzt kannst du gehen“, lächelte sie und drückte für ihn auf die Taste.

Der alte Drehsessel setzte sich quietschend in Bewegung, erst langsam, dann immer rascher. Und je schneller er wurde, desto glatter und ruhiger wurden seine Umdrehungen.

Tobias sah noch, wie Konrad und Roxana ihm zuwinkten, konnte aber nicht zurückwinken: Er musste sich mit aller Kraft festhalten, um nicht vom Sessel zu fallen. Kurz bevor ihm schwindelig wurde, erreichte er wieder den Zustand, den er schon von seiner ersten Reise her kannte: ein seltsames Gefühl der Geborgenheit, während er in ein warmes, dunkles Rot eintauchte.

Er hatte keine Ahnung, wie lange er sich schon in diesem Rot befunden hatte, als die Geschwindigkeit, mit der er sich drehte, langsam abnahm. Als er zum Stillstand kam, brauchte er noch einige Sekunden, ehe er sich sicher war, dass er wieder zu Hause war. Es war Nacht und er hörte das tiefe und regelmäßige Atmen von Miriam. Tobias seufzte erleichtert auf. Auf seinem Wecker sah er, dass es vier Uhr morgens war. Er beschloss, seiner Oma und Miriam erst in der Früh zu erklären, wo er so lange gewesen war. Zunächst einmal wollte er nichts als ins Bett, da er todmüde war. Ohne seinen Trainingsanzug auszuziehen, ließ er sich auf die Matratze fallen, wo er augenblicklich einschlief.

„Tobias, aufwachen!“

Oma rüttelte nun schon zum dritten Mal an seiner Schulter, aber Tobias drehte sich nur grunzend auf die andere Seite.

„Steh endlich auf, es ist schon fast sieben! Du kommst noch zu spät zur Schule.“

Als Tobias endlich seine Augen aufschlug, sah er, wie Oma tadelnd den Kopf schüttelte.

„Du sollst doch nicht im Trainingsanzug schlafen“, sagte sie. „Wofür gibt es denn Pyjamas?“

Tobias wunderte sich. War dies alles, was Oma dazu einfiel, dass er weg gewesen war? Hatte sie sich denn gar keine Sorgen um ihn gemacht?

„Willst du nicht wissen, wo ich war?“, fragte er.

„Aber das weiß ich doch. Du hast sicher wieder stundenlang vor dem Computer gesessen, statt zu schlafen. Und in der Früh kommst du dann nicht aus den Federn.“

Da begriff Tobias, dass seine Abwesenheit gar niemandem aufgefallen war. Er erinnerte sich daran, was Konrad ihm über den Zeitbegriff in Grimmhausen erzählt hatte. Und über Flügelschläge von Kolibris. Während er in Grimmhausen für die Befreiung von Königin Sofia gekämpft hatte, war hier offenbar nur eine einzige Nacht vergangen.

„Hat es sich wenigstens ausgezahlt?“, fragte Miriam, die schon fix und fertig angezogen war. „Weißt du jetzt, ob es zwei verschiedene Wölfe gibt oder nur einen?“

„Ja“, sagte Tobias, während er in seine Jeans schlüpfte. „Du hast Recht gehabt. Es sind wirklich zwei Wölfe. Sie sind Brüder.“

„Brüder?“, fragte Oma. „Das steht aber nicht im Märchenbuch. Wie kommst du denn darauf?“

Tobias überlegte, was er tun sollte. Sollte er Oma und Miriam von seinen Abenteuern in Grimmhausen erzählen oder war es besser, wenn dies sein Geheimnis blieb? Würden sie ihm die Geschichte überhaupt glauben? Wahrscheinlich nicht. Sie würden ihn auslachen und ihm sagen, dass er das alles nur geträumt hatte. Er beschloss, dass es besser war, dieses Risiko nicht einzugehen.

Also sagte er zu Oma: „Ich hab's auf irgendeiner Web-Site gelesen."

Oma schien mit dieser Antwort zufrieden zu sein, da sie in die Hände klatschte und sagte: „So, nun beeilt euch aber. Frühstücken, Zähne putzen und ab in die Schule!"

Tobias war froh darüber, dass das Thema damit beendet war, da er erst einmal Zeit brauchte, um seine Erlebnisse zu verdauen. Als sie aber am Frühstückstisch saßen und hastig ihre Cornflakes in sich hineinschaufelten, fing Miriam erneut davon an: „Welches Märchen wirst du mir denn heute Abend erzählen?"

„Rotkäppchen", antwortete er wie aus der Pistole geschossen, da er in Gedanken gerade bei Roxana gewesen war.

„Nein, das mag ich nicht", protestierte Miriam. „Rotkäppchen ist so langweilig."

„Langweilig?", sagte Tobias gereizt. „Du spinnst wohl!"

„Aber, aber", beschwichtigte Oma. „Das ist doch kein Grund, so grob zu sein. Was ist denn nur mit dir los, Tobias?"

„Gar nichts", sagte er. Er vermied es aber, ihr dabei in die Augen zu sehen, schnappte seine Schultasche und verließ eilig die Küche.

WERNER STENGG

wurde 1968 in Friesach/Österreich geboren. Nach einem Studium der Handelswissenschaften arbeitete er als Universitätsassistent in Wien. Seit mehreren Jahren lebt er mit seiner Familie in Brüssel, wo er für die Europäische Kommission tätig ist.

Weitere märchenhafte Bücher aus dem Albarello Verlag

Das halbierte Hexenbuch
Julia Volmert
ISBN 3-930299-13-5
128 Seiten, 14,3 x 21,1 cm
Originalausgabe, 3. Auflage
Neue Rechtschreibung

Hexe Xenia langweilt sich und macht deshalb in ihrem Haus einen 'Überraschungstag'. Sie verhext ihre Sachen so, dass sich die Inhalte der Dinge vertauschen. So sind nun in der Suppenschüssel die Goldfische, dafür ist die Suppe im Aquarium. Leider vertauscht sich auch der Innenteil ihres besten Hexenbuches mit dem eines Kräuterbuches, das Xenia, nichts ahnend, auf dem Flohmarkt verkauft. Als sie diese 'Überraschung' bemerkt, macht sie sich auf die Suche nach dem Jungen, der das vermeintliche Kräuterbuch gekauft hat. Als der Junge merkt, dass er mit Hilfe des Buches hexen kann, wird es turbulent. Sein erstes Opfer ist Hamster Carlos, der sich statt in den heiß ersehnten Hund in eine meckernde Ziege verwandelt!

Weitere märchenhafte Bücher
aus dem Albarello Verlag

Hexe Xenia
und der verschwundene Ring
Julia Volmert
ISBN 3-930299-59-3
128 Seiten, 14,3 x 21,1 cm
Originalausgabe
Neue Rechtschreibung

Hexe Xenia muss vor den Hexenrat, obwohl sie gar nicht weiß, was sie wieder angestellt haben soll. Ob es damit zu tun hat, dass sie einmal dem Jungen Magnus aus Versehen ihr Hexenbuch überlassen hat? Magnus hat inzwischen aber andere Probleme. Stefan, ein Junge aus seiner Klasse, erpresst ihn. Und Magnus kann es nicht lassen, seine Nase in die Angelegenheiten der Hexe zu stecken. Und so stürzt er kopfüber in ein halsbrecherisches und unglaubliches Abenteuer voller Magie.

Es gibt sie wirklich, die Website der Märchenwelt!

www.grimmhausen.de

Originalausgabe
Neue Rechtschreibung
Mit Grimmhausen-Landkarte
als Anhang

© 2004 Werner Stengg (Text)
© 2004 Gesa Schütt (Illustration)
© 2004 Albarello Verlag GmbH
Alle Rechte liegen bei
Albarello Verlag GmbH, Wuppertal
Satz: KCS GmbH, Buchholz
www.albarello.de

ISBN 3-930299-89-5